PONTO ÔMEGA

DON DELILLO

Ponto ômega

Tradução
Paulo Henriques Britto

Copyright © 2010 by Don DeLillo

Grafia atualizada segundo o Acordo Ortográfico da Língua Portuguesa de 1990, que entrou em vigor no Brasil em 2009.

Título original
Point omega

Capa
warrakloureiro

Foto de capa
Kristo/ Getty Images. Califórnia, 2007.

Preparação
Leny Cordeiro

Revisão
Erika Nakahata
Viviane T. Mendes

Dados Internacionais de Catalogação na Publicação (CIP)
(Câmara Brasileira do Livro, SP, Brasil)

DeLillo, Don
    Ponto ômega/ Don DeLillo ; tradução Paulo Henriques
Britto. — São Paulo : Companhia das Letras, 2011.

    Título original: Point omega.
    ISBN 978-85-359-1844-1

    1. Ficção norte-americana I. Título.

11-03019   CDD-813

Índice para catálogo sistemático:
1. Ficção : Literatura norte-americana   813

[2011]
Todos os direitos desta edição reservados à
EDITORA SCHWARCZ LTDA.
Rua Bandeira Paulista 702 cj. 32
04532-002 — São Paulo — SP
Telefone (11) 3707-3500
Fax (11) 3707-3501
www.companhiadasletras.com.br

2006

FINAL DO VERÃO / INÍCIO DO OUTONO

Anonimato
3 *de setembro*

Havia um homem parado junto à parede norte, quase invisível. As pessoas entravam em grupos de duas ou três e ficavam paradas no escuro e olhavam para a tela e depois saíam. Às vezes mal chegavam a passar da porta, grupos maiores que entravam a esmo, turistas atordoados, e olhavam e mudavam de posição e depois saíam.

Não havia assentos na galeria. A tela era uma estrutura solta, cerca de três metros por quatro, não ficava elevada, bem no meio da sala. Era uma tela translúcida e algumas pessoas, não muitas, permaneciam tempo suficiente para ir para o outro lado da tela. Permaneciam mais um instante e depois iam embora.

A galeria era fria, iluminada apenas pelo fraco brilho cinzento da tela. Junto à parede norte a escuridão era quase completa, e o homem que estava sozinho levou a mão em direção ao rosto, repetindo, muito devagar, o gesto de uma figura na tela. Quando a porta da galeria se abria deslizando e alguém entrava, vinha um pouco de luz refletida lá de fora, onde havia pessoas reunidas, a certa distância, examinando os livros de arte e cartões-postais.

O filme era projetado sem diálogos nem música, sem trilha sonora. O guarda do museu ficava junto à porta, e quando saíam as pessoas por vezes olhavam para ele, tentando olhar em seus olhos, buscando alguma espécie de compreensão que se afirmasse entre eles e validasse sua perplexidade. Havia outras galerias, vários andares, não tinha sentido permanecer numa sala isolada onde o que estava acontecendo, fosse o que fosse, levava um tempo infinito para acontecer.

O homem parado junto à parede ficou olhando para a tela e depois começou a se deslocar ao longo da parede adjacente até o outro lado da tela para que pudesse ver a mesma cena com a imagem invertida. Ele via Anthony Perkins estendendo a mão em direção à porta de um carro, usando a mão direita. Sabia que Anthony Perkins usaria a mão direita deste lado da tela e a esquerda do outro lado. Sabia disso mas precisava ver, e foi caminhando pela escuridão ao longo da parede lateral e então se afastou um pouco dela para ver Anthony Perkins daquele lado da tela, o avesso, Anthony Perkins usando a mão esquerda, a mão errada, para alcançar a porta de um carro e depois abri-la.

Mas seria correto dizer que a mão esquerda era a mão errada? O que tornava aquele lado da tela menos verdadeiro que o outro?

Veio um segundo guarda se juntar ao primeiro e os dois ficaram algum tempo falando em voz baixa enquanto a porta automática se abria e entravam pessoas, com crianças, sem crianças, e o homem voltou a seu lugar junto à parede, onde permaneceu imóvel, vendo Anthony Perkins virar a cabeça.

O menor movimento de câmara era uma alteração profunda no espaço e no tempo, mas naquele momento a câmara não estava se mexendo. Anthony Perkins está virando a cabeça. Era como os números inteiros. O homem podia contar as etapas do movimento da cabeça de Anthony Perkins. Anthony Perkins vira a cabeça em cinco movimentos discretos e não num único gesto contínuo. Era como tijolos num muro, que podem ser contados com facilidade, e não como o voo de uma flecha ou um pássaro. Pensando bem, não era parecido com nada nem diferente de nada. A cabeça de Anthony Perkins rodando lentamente em torno do eixo do pescoço comprido e fino.

Apenas observando com muita atenção era possível perceber esse fato. Por alguns minutos a atenção do homem não foi dispersa pela entrada e saída de outras pessoas e ele conseguiu olhar para o filme com o grau de intensidade necessário. A natureza do filme permitia a concentração total e também dependia dela. O ritmo implacável do filme não tinha significado se a ele não correspondesse uma atenção equivalente, o indivíduo cujo grau absoluto de alerta não traía o que era exigido. Ele permanecia imóvel e olhava. No tempo que Anthony Perkins levava para virar a cabeça, parecia fluir uma série de ideias sobre ciência e filosofia e outras coisas inominadas, ou talvez ele estivesse vendo demais. Mas era impossível ver demais. Quanto menos havia para ver, mais ele olhava, mais ele via. A questão era essa. Ver o que está aqui, finalmente olhar e saber que se está olhando, sentir o tempo passando, estar vivo para o que está acontecendo nos menores registros do movimento.

Todos se lembram do nome do assassino, Norman Bates, mas ninguém se lembra do nome da vítima. Anthony Perkins é Norman Bates, mas Janet Leigh é Janet Leigh. Exige-se da vítima que tenha o mesmo nome que a atriz que a representa. É Janet Leigh que entra no motel isolado que pertence a Norman Bates.

Ele estava parado ali havia mais de três horas, olhando. Era o quinto dia seguido que ele vinha ali e era o penúltimo dia da instalação, que depois seria encerrada e levada para outra cidade ou guardada em um depósito obscuro em algum lugar.

Ninguém que entrava ali parecia saber o que o esperava e certamente ninguém esperava aquilo.

O filme original era projetado em velocidade lenta de modo que a exibição durasse vinte e quatro horas. O que ele estava vendo parecia ser cinema puro, tempo puro. O horror escancarado do velho filme de suspense era subsumido pelo tempo. Quanto tempo ele teria de ficar parado ali, quantas semanas ou meses, antes que o esquema temporal do filme absorvesse o seu, ou isso já teria começado a acontecer? Ele se aproximou da tela, colocando-se a cerca de trinta centímetros dela, vendo clarões e fragmentos estáticos, vislumbres de luz trêmula. Contornou a tela várias vezes. Agora a galeria estava vazia e ele podia posicionar-se em diferentes ângulos e graus de afastamento. Andou para trás olhando, sempre, para a tela. Compreendia perfeitamente por que o filme estava sendo projetado sem som. Era preciso que fosse mudo. Era preciso envolver o indivíduo numa profundidade além dos pressupostos normais, as coisas que ele supõe e presume e aceita sem questionar.

Voltou à parede norte, passando pelo guarda junto à porta. O guarda estava presente mas não contava como uma presença na sala. O guarda estava ali para não ser visto. Aquele era o seu trabalho. O guarda estava de frente para a beira da tela porém não olhava para nada, olhava para aquilo para o que olham os guardas de museu, seja lá o que for, quando uma sala está vazia. O homem junto à parede estava presente, mas talvez para o guarda ele não contasse como uma presença, tal como o guarda não contava para ele. O homem estava ali havia vários dias seguidos, durante períodos prolongados todos os dias, e de qualquer modo estava de novo junto à parede, na escuridão, imóvel.

Ele olhava para os olhos do ator deslocando-se lentamente em suas órbitas de osso. Será que se imaginava vendo com os olhos do ator? Ou eram os olhos do ator que pareciam examiná-lo?

Ele sabia que havia de ficar ali até que o museu fechasse, dentro de duas horas e meia, e depois voltaria na manhã seguinte. Viu dois homens entrarem, o mais velho com uma bengala e um terno que parecia ter sido usado na viagem, o longo cabelo branco formando uma trança na nuca, talvez um professor emérito, talvez um estudioso do cinema, e o homem mais jovem com uma camisa esporte, jeans e tênis de corrida, o professor assistente, esguio, um pouco nervoso. Os dois se afastaram da porta e mergulharam na penumbra ao longo da parede adjacente. Ele ficou observando-os por mais um momento, os acadêmicos, cinéfilos, estudiosos de teoria do cinema, sintaxe do cinema, cinema e mito, dialética do cinema, metafísica do cinema, enquanto Janet Leigh começava a se despir para o banho de sangue que se seguiria.

Quando um ator movia um músculo, quando seus olhos piscavam, era uma revelação. Cada ação era dividida em componentes tão distintos da entidade que o observador se via isolado de toda e qualquer expectativa.

Todo mundo estava olhando para alguma coisa. Ele olhava para os dois homens, eles olhavam para a tela, Anthony Perkins, pelo olho mágico, olhava para Janet Leigh se despindo.

Ninguém olhava para ele. Aquele era o mundo ideal que ele talvez imaginasse. Não fazia ideia de como os outros o viam. Não sabia muito bem como ele próprio se via. Ele parecia o que sua mãe via quando olhava para ele. Mas sua mãe havia falecido. Isso levantava uma questão para estudantes de grau avançado. O que restava dele para os outros verem?

Pela primeira vez, não se incomodava por não estar sozinho ali. Aqueles dois homens tinham um bom motivo para estar ali e ele se perguntava se estariam vendo o que ele via. Mesmo se estivessem, tirariam conclusões diferentes, encontrariam referências numa ampla gama de filmografias e disciplinas. *Filmografia*. A palavra outrora o fazia recuar a cabeça como se para interpor uma distância antisséptica entre ele e ela.

Pensou que talvez quisesse cronometrar a cena do banho de chuveiro. Em seguida pensou que isso era a última coisa que ele queria fazer. Sabia que era uma cena rápida no filme original, menos de um minuto, era famosa por isso, e já assistira àquela cena prolongada ali alguns dias antes, toda ela reduzida a movimentos discretos, sem suspense nem terror nem o pulsar nervoso do pio da coruja. Os aros da cortina, era disso que se lembrava com mais clareza. Os aros da cortina do boxe rodopiando em torno da vara quando a cortina é arrancada, um momento que se perdia na velocidade normal, quatro aros rodopiando lentamente acima do vulto caído de Janet Leigh, um poema perdido acima da morte infernal, e depois a água com sangue formando um redemoinho no ralo do chuveiro, minuto a minuto, e por fim descendo.

Ele estava ansioso para ver aquilo outra vez. Queria contar os aros da cortina, talvez quatro, talvez cinco, um pouco mais ou um pouco menos. Sabia que os dois homens junto à parede adjacente também estariam assistindo com atenção. Sentia que eles tinham algo em comum, nós três, era isso que ele sentia. Era aquela rara sensação de camaradagem gerada pelos eventos singulares, mesmo que os outros não soubessem que ele estava presente.

Quase ninguém entrava na sala sozinho. Entravam em grupos, em esquadrões, arrastando os pés, parando por alguns instantes junto à porta e depois saindo. Um ou dois se viravam e saíam e depois os outros, esquecendo o que haviam visto nos segundos que levavam para virar e andar em direção à porta. Ele os via como integrantes de trupes teatrais. O cinema, pensou, é uma coisa solitária.

Janet Leigh no longo intervalo de sua inconsciência. Ele a via começando a jogar o roupão no chão. Compreendia pela primeira vez que o preto e branco era o único meio para o cinema enquanto ideia, o cinema mental. Quase entendia por quê, mas não de todo. Os homens parados perto dele saberiam por quê. Para aquele filme, naquele espaço frio e escuro, ele era completamente necessário, o preto e branco, mais um elemento neutralizador, uma maneira de tornar a ação algo próximo à vida básica, uma coisa a recuar para dentro de suas partes narcotizadas. Janet Leigh no processo detalhado de não saber o que está prestes a acontecer com ela.

Então eles saíram, sem mais nem menos, já estavam andando em direção à porta. Ele não sabia como encarar esse fato. Aquilo o atingia pessoalmente. A porta deslizou, abrindo-se para o homem da bengala e depois o assistente. Eles saíram. Entediados, talvez? Eles passaram pelo guarda e saíram. Precisavam de palavras para pensar. Era esse o problema deles. A ação se desenrolava devagar demais para acomodar o vocabulário de cinema de que eles dispunham. Ele não sabia se isso fazia o menor sentido. Eles não conseguiam sentir o pulsar do coração das imagens projetadas naquela velocidade. O vocabulário de cinema de que eles dispunham, pensou ele, não se adaptava a varas de cortinas e aros de cortinas e ilhós. Tinham que pegar um avião, talvez? Eles se consideravam sérios, mas não eram. E quem não é sério não tem nada que estar ali.

Então ele pensou: sério a respeito de quê?

Alguém andou até um ponto da sala e projetou uma sombra sobre a tela.

Havia algo de esquecimento naquela experiência. Ele queria esquecer-se do filme original ou ao menos reduzir essa lembrança a uma referência distante, que não atrapalhasse. Havia também a lembrança dessa versão, vista e revista ao longo de toda a semana. Anthony Perkins como Norman Bates, pescoço de ave pernalta, rosto de ave em perfil.

O filme fazia que se sentisse alguém que assiste a um filme.

O significado desse fato lhe escapava. Ele ficava o tempo todo sentindo coisas cujo significado lhe escapava. Mas aquilo não era na verdade um filme, em sentido estrito, não. Era um vídeo. Mas era também um filme. Em sentido mais amplo, ele estava assistindo a um filme, cinema, uma imagem mais ou menos em movimento.

O roupão dela finalmente se imobilizando sobre a tampa da privada fechada.

O mais moço queria ficar, ele pensou, com seus tênis de corrida gasto. Mas foi obrigado a seguir o teórico tradicional com o rabo de cavalo, para não correr o risco de prejudicar seu futuro no mundo acadêmico.

Ou então o corpo caindo na escada, uma cena ainda distante, talvez horas antes de o detetive particular, Arbogast, descer a escada de costas, com um corte feio no rosto, os olhos arregalados, os braços a rodar, uma cena que ele relembrava de algum dia naquela semana, talvez até ontem, era impossível determinar os dias e as cenas. Arbogast. O nome profundamente aninhado como uma semente em algum nicho obscuro do hemisfério esquerdo do cérebro. Norman Bates e o detetive Arbogast. Eram os nomes que ele guardara ao longo dos anos que haviam se passado desde que vira o filme original. Arbogast na escada, caindo para sempre.

Vinte e quatro horas. O museu fechava às cinco e meia na maioria dos dias. O que ele queria era uma situação em que o museu fechasse mas a galeria ficasse aberta. Ele queria ver a projeção do filme do começo ao fim em vinte e quatro horas consecutivas. Ninguém poderia entrar depois que a projeção começasse.

Aquilo que ele estava vendo era história, de certo modo, um filme que todo mundo conhecia. Divertiu-se com a ideia de que a galeria era como um lugar preservado, a cabana ou o túmulo silencioso de um poeta morto, uma capela medieval. Lá está ele, o Motel Bates. Mas as pessoas não veem isso. Elas veem movimento fragmentado, fotogramas à margem da vida aturdida. Ele compreende o que elas veem. Elas veem uma sala de morte cerebral em seis andares reluzentes atulhados de obras de arte. O filme original é o que tem importância para eles, uma experiência comum a ser revivida nas telas de televisão, em casa, com os pratos na pia.

O cansaço que ele sentia era nas pernas, horas e dias em pé, o peso do corpo em pé. Vinte e quatro horas. Quem sobreviveria, fisicamente e sob outros aspectos? Seria ele capaz de sair andando pela rua depois de uma noite e um dia ininterruptos vivendo naquele plano de tempo radicalmente alterado? Em pé no escuro, olhando para uma tela. Olhando agora, vendo a água dançando diante do rosto dela enquanto ela desliza ao longo da parede de azulejos estendendo a mão em direção à cortina do chuveiro para se firmar e interromper o movimento de seu corpo em direção ao último suspiro.

Uma espécie de dança no modo como a água cai do chuveiro, um movimento ilusório de balanço ou oscilação.

Ele sairia na rua esquecido de quem era e de onde morava, depois de vinte e quatro horas ininterruptas? Ou até mesmo nos horários atuais, se a mostra fosse estendida e ele continuasse voltando cinco, seis, sete horas por dia, semana após semana, seria possível para ele viver no mundo? Ele queria isso? Onde ficava o tal do mundo?

Ele contou seis aros. Os aros girando em torno da vara da cortina quando ela puxa a cortina para o chão junto com ela. A faca, o silêncio, os aros a girar.

É preciso prestar muita atenção para ver o que está acontecendo à sua frente. É preciso trabalho, um esforço concentrado, para ver aquilo para que você está olhando. Ele estava hipnotizado por aquilo, pelas profundezas tornadas possíveis pelo movimento desacelerado, as coisas que havia para se ver, as profundezas das coisas tão fáceis de deixar passar na maneira habitual e superficial de ver.

Gente de vez em quando projetando sombras na tela.

Ele começou a pensar na relação entre uma coisa e outra. Aquele filme tinha a mesma relação com o filme original que o filme original tinha com a experiência de vida real. Era o distanciamento do distanciamento. O filme original era ficção, aquilo era real.

Isso não faz sentido, pensou, mas talvez faça.

O dia escorria, cada vez menos pessoas entravam. Depois, quase ninguém. Não havia outro lugar em que ele quisesse estar, no escuro, junto àquela parede.

O quarto parece deslizar sobre trilhos atrás do personagem. O personagem é que está se mexendo, mas o quarto é que parece se mexer. Ele encontrava interesse mais profundo numa cena em que só havia um único personagem para olhar, ou, talvez melhor ainda, nenhum.

A escada vazia vista de cima. O suspense está tentando se criar, mas o silêncio e a imobilidade são mais fortes que ele.

Ele começou a compreender, depois de todo esse tempo, que estava parado ali esperando por algo. O que seria? Era uma coisa fora de sua consciência até aquele momento. Ele estava esperando que uma mulher chegasse, uma mulher sozinha, alguém com quem pudesse falar, ali, junto à parede, aos cochichos, falar muito pouco, é claro, ou então mais tarde, em algum lugar, trocando ideias e impressões, o que eles tinham visto e como eles se sentiam em relação ao que fora visto. Era ou não era? Ele estava pensando que uma mulher entraria e ficaria olhando por um tempo, até encontrar um lugar junto à parede, uma hora, meia hora, era o bastante, meia hora, era o suficiente, uma pessoa séria, falando em voz baixa, com um vestido claro de verão.

Babaca.

Aquilo parecia real, paradoxalmente o ritmo era real, corpos se movendo musicalmente, quase sem se mover, dodecafonicamente, coisas quase não acontecendo, causa e efeito afastados um do outro de maneira tão radical que parecia real a ele, do modo como todas as coisas do mundo físico que não compreendemos são chamadas de reais.

A porta se abriu e havia um pouco de movimento na outra extremidade do andar, gente pegando a escada rolante, um vendedor passando cartões de crédito na máquina, outro jogando objetos dentro das sacolas grandes e elegantes do museu. Luz e som, monotonia sem palavras, sugestões de uma vida no além, um mundo do além, o fato estranho e luminoso que respira e come lá fora, a coisa que não está nos filmes.

1.

A vida verdadeira não pode ser reduzida a palavras ditas ou escritas, por ninguém, nunca. A vida verdadeira ocorre quando estamos sozinhos, pensando, sentindo, perdidos na memória, autoconscientes em pleno devaneio, os momentos submicroscópicos. Ele, Elster, disse isso mais de uma vez, de mais de uma maneira. Sua vida acontecia, ele disse, quando estava sentado numa cadeira olhando para uma parede lisa, pensando sobre o jantar.

Uma biografia de oitocentas páginas não passa de conjecturas mortas, ele disse.

Eu quase acreditava quando ele dizia essas coisas. Ele dizia que fazemos isso o tempo todo, todos nós, nos tornamos nós mesmos por baixo do fluxo de pensamentos e imagens vagas, perguntando a nós mesmos quando vamos morrer. É assim que vivemos e pensamos, sabendo disso ou não. São esses os pensamentos disparatados que temos ao olhar pela janela do trem, pequenas manchas pardacentas de pânico meditativo.

O sol queimava. Era isso que ele queria, sentir o calor profundo batendo em seu corpo, sentir o corpo em si, resgatar o corpo daquilo que ele chamava náusea de Noticiário e Tráfego.

Aquilo era o deserto, longe das cidades grandes e das cidadezinhas dispersas. Ele estava ali para comer, dormir e suar, para não fazer nada, para ficar sentado pensando. Havia uma casa e fora dela só havia distâncias, nem paisagens nem linhas de visão abrangentes, apenas distâncias. Ele estava ali, disse ele, para parar de falar. Não havia ninguém com quem falar além de mim. Ele fazia isso de modo contido de início, e nunca ao pôr do sol. Não eram gloriosos pores do sol de aposentadoria, de títulos e valores mobiliários. Para Elster, o pôr do sol era uma invenção humana, nossa maneira de dispor perceptualmente a luz e o espaço em elementos de deslumbramento. Nós olhávamos e nos deslumbrávamos. Havia um tremor no ar quando as cores e massas de terra sem nome ganhavam definição, uma limpidez de contornos e extensão. Talvez fosse a diferença de idade entre nós que me levava a pensar que ele sentia algo diferente durante o crepúsculo, uma inquietação persistente, não inventada. Isso explicaria o silêncio.

A casa era uma coisa híbrida e melancólica. Havia um telhado de metal corrugado encimando uma fachada revestida de ripas, com um caminho de pedras inacabado à frente e um deque protuberante acrescentado a um dos lados. Era lá que ficávamos sentados nessa hora silenciosa, o céu iluminado por archotes, a proximidade da serra quase invisível na brancura do meio-dia.

Noticiário e Tráfego. Esporte e Meteorologia. Eram esses os termos ácidos com que ele se referia à vida que deixara para trás, mais de dois anos vivendo com as mentes densas que faziam a guerra. Tudo era ruído de fundo, disse ele, com um gesto largo. Gostava de desdenhar coisas com um gesto. Havia avaliações de risco e especificações de políticas, grupos de trabalho de interação entre agências. Ele era o *outsider*, um acadêmico que contava com a aprovação oficial mas que não tinha experiência administrativa. Sentava-se em torno de uma mesa numa sala de reuniões sigilosa com os planejadores estratégicos e os analistas militares. Estava ali para conceitualizar, era o termo que ele usava, entre aspas, para aplicar ideias e princípios globalizantes a assuntos como distribuição de tropas e contrainsurreição. Tinha autorização para ler telegramas confidenciais e transcrições restritas, disse ele, e ouvia o falatório dos peritos residentes, dos metafísicos das agências de informações, dos fantasistas do Pentágono.

O terceiro andar do anel E do Pentágono. Massa e arrogância, disse ele.

Havia trocado tudo isso por espaço e tempo. Eram coisas que ele parecia absorver pelos poros. As distâncias que envolviam cada marco da paisagem e a força do tempo geológico, em algum lugar lá fora, as quadrículas dos escavadores em busca de ossos gastos.

Eu ficava vendo aquelas palavras o tempo todo. Calor, espaço, imobilidade, distância. Elas se tornaram estados de espírito visuais. Não sei o que isso quer dizer. Eu fico vendo figuras isoladas, enxergo além da dimensão física, vejo os sentimentos que essas palavras geram, sentimentos que se aprofundam com o tempo. A outra palavra é esta: tempo.

Eu dirigia e olhava. Ele ficava em casa, sentado no deque de tábuas rangedoras, na sombra, lendo. Eu caminhava por leitos de rios secos margeados de palmeiras, subia trilhas que não estavam no mapa, sempre água, levando água para todos os lugares, sempre um chapéu, com um chapéu de aba larga e um lenço em volta do pescoço, e subia no alto dos morros castigados pelo sol, e lá do alto ficava olhando. O deserto estava fora do meu alcance, era um ser alienígena, era ficção científica, uma coisa que ao mesmo tempo saturava e era remota, e só à força eu me convencia de que estava mesmo ali.

Ele sabia onde estava, lá na sua cadeira, ligado no proto-mundo, pensava eu, nos mares e recifes de dez milhões de anos atrás. Ele fechava os olhos, adivinhando em silêncio a natureza das extinções por ocorrer, planícies cobertas de grama em livros ilustrados para crianças, uma região onde abundavam camelos felizes e zebras gigantescas, mastodontes, tigres-dentes-de-sabre.

A extinção era um dos temas dele no momento. A paisagem inspirava os temas. Espaços abertos e claustrofobia. Isso se torna-ria um tema.

Richard Elster tinha setenta e três anos, eu tinha menos de metade da idade dele. Ele me convidara para ficar com ele ali, numa casa velha, com pouca mobília, ao sul de lugar nenhum no deserto de Sonora, ou talvez fosse o deserto de Mojave ou outro deserto totalmente diferente. Não seria uma visita longa, ele disse.

Estávamos no décimo dia.

Eu havia falado com ele duas vezes antes, em Nova York, e ele sabia qual era meu plano, sua participação num filme que eu queria fazer sobre o período em que ele trabalhara no governo, no barulho e na gagueira do Iraque.

Ele seria na verdade o único participante. Seu rosto, suas palavras. Eu não precisava de mais nada.

De início ele disse não. Depois disse nunca. Por fim me te-lefonou e disse que poderíamos conversar sobre o assunto, mas não em Nova York nem em Washington. Ecos demais nesses lu-gares desgraçados.

Fui de avião até San Diego, aluguei um carro e segui para o leste, subindo serras que pareciam brotar de curvas da estrada, nuvens de tempestade de final de verão se formando no céu, e depois atravessando serras pardas, passando por placas que alertavam para quedas de barreiras e aglomerados inclinados de caules espinhosos, por fim saindo da estrada de asfalto e tomando uma trilha primitiva, perdendo-me por um tempo nos rabiscos confusos do mapa traçado a lápis por Elster.

Quando cheguei já havia escurecido.

"Nada de poltrona macia com iluminação cálida e livros numa estante ao fundo. Só um homem e uma parede", expliquei. "O homem fica parado relatando como foi toda a sua experiência, tudo que lhe vem à mente, personalidades, teorias, detalhes, sentimentos. O senhor é o homem. Não há nenhuma voz em *off* fazendo perguntas. Não há interrupções com cenas de guerra ou comentários de outras pessoas, filmadas ou em *off*."

"O que mais?"

"Só um *head shot*."

"O que mais?", ele perguntou.

"Se houver pausas, são suas, eu não paro de filmar."

"O que mais?"

"A câmara tem disco rígido. Uma tomada de cena contínua."

"Qual a duração da tomada de cena?"

"Depende do senhor. Tem um filme russo, um filme de longa-metragem, *A arca russa*, Aleksandr Sokúrov. Uma única tomada de cena prolongada, cerca de mil atores e figurantes, três orquestras, história, fantasia, cenas de multidões, cenas de bailes, e então, quando o filme já está rolando há uma hora, um garçom deixa cair um guardanapo, não há cortes, não pode haver cortes, a câmara desce corredores e vira esquinas. Noventa e nove minutos", disse eu.

"Mas esse filme foi feito por um homem chamado Aleksandr Sokúrov. O seu nome é Jim Finley."

Eu teria rido se ele não tivesse dito isso com um sorriso irônico. Elster falava russo e pronunciava o nome do diretor com um floreio visceral. Isso dava a seu comentário um toque adicional de presunção. Eu poderia ter dito o óbvio, que não ia filmar um grande número de pessoas com movimentos complexos. Mas deixei que a piada se estendesse ao máximo. Ele não era o tipo de homem capaz de abrir espaço até mesmo para uma correção bem suave.

Ele estava sentado no deque, um homem alto com calças de algodão amassadas que parecia um ponto de referência na paisagem. Passava boa parte do dia sem camisa, lambuzado de filtro solar até mesmo na sombra, e o cabelo grisalho, como sempre, estava preso num rabo de cavalo curto.

"O décimo dia", eu lhe disse.

De manhã ele enfrentava o sol. Precisava enriquecer seu suprimento de vitamina D e levantava os braços em direção ao sol, dirigindo um pedido aos deuses, dizia ele, mesmo que isso implicasse a formação sorrateira de tecidos anormais.

"É mais saudável rejeitar certos cuidados do que entrar na linha. Imagino que você saiba disso", disse ele.

Tinha um rosto comprido e rubicundo, dobras de carne caindo um pouco dos lados do queixo. O nariz era grande e esburacado, olhos talvez de um verde acinzentado, sobrancelhas espessas. O rabo de cavalo deveria parecer incongruente, mas isso não acontecia. O cabelo não era cortado em camadas, porém apenas puxado para trás em mechas largas, e lhe dava uma espécie de identidade cultural, um toque de distinção, o intelectual como ancião da tribo.

"Isto aqui é o exílio? O senhor está exilado aqui?"

"O Wolfowitz foi pro Banco Mundial. Exílio é isso", ele respondeu. "Isto aqui é diferente, um retiro espiritual. Esta casa pertencia a alguém da família da minha primeira mulher. Eu vinha aqui de vez em quando, durante anos. Pra escrever, pensar. Fora daqui, em qualquer lugar, meu dia começa com conflito, cada passo que eu dou numa rua da cidade é conflito, as outras pessoas são conflito. Aqui é diferente."

"Mas dessa vez o senhor não está escrevendo."

"Recebi umas propostas pra escrever um livro. O comando da guerra visto por uma pessoa de fora numa posição privilegiada. Mas não quero escrever um livro, livro nenhum."

"O senhor quer ficar sentado aqui."

"A casa agora é minha e está caindo, mas deixa cair. O tempo passa mais devagar quando eu estou aqui. O tempo fica cego. Eu sinto, mais do que vejo, a paisagem. Nunca sei que dia é hoje. Nunca sei se passou um minuto ou uma hora. Aqui eu não envelheço."

"Quem dera eu pudesse dizer a mesma coisa."

"Você precisa de uma resposta. É isso que você está dizendo?"

"Eu preciso de uma resposta."

"Você tem toda uma vida lá na cidade."

"Uma vida. Talvez a palavra seja forte demais."

Ele estava com a cabeça virada para trás, os olhos fechados, o rosto exposto ao sol.

"Você não é casado, acertei?"

"Separado. A gente se separou", respondi.

"Separado. Isso me soa muito familiar. Você tem um emprego, uma coisa que você faça entre um projeto e outro?"

Talvez ele tentasse não carregar a palavra "projetos" com uma ironia fatal.

"Trabalhos esporádicos. Produção, montagem."

Agora ele estava olhando para mim. Talvez perguntasse a si próprio quem eu era.

"Eu já lhe perguntei como é que você ficou tão magricela? Você come. Você come tanto quanto eu."

"Acho que eu como. Eu como, sim. Mas toda a energia, todo o alimento é chupado pelo filme", eu lhe disse. "O corpo não recebe nada."

Ele fechou os olhos outra vez e fiquei vendo o suor e o filtro solar escorrendo lentamente por sua testa. Esperei que ele perguntasse sobre os filmes que eu já havia feito, a pergunta que eu não queria ouvir. Mas ele havia perdido o interesse na conversa ou simplesmente tinha o tipo de ego fervilhante que se esquece de tais detalhes. Ele diria sim ou não com base não nas minhas qualificações mas sim no seu estado de espírito, quando achasse que era a hora. Entrei na casa e fui até meu laptop para ver se havia chegado algum e-mail, precisando de um contato do mundo externo porém me sentindo desonesto, como se estivesse quebrando um pacto tácito de recolhimento criativo.

Ele lia principalmente poesia, relendo sua juventude, disse ele, Zukofsky e Pound, às vezes em voz alta, e também Rilke no original, sussurrando um verso ou dois apenas, de vez em quando, das *Elegias*. Estava praticando o alemão.

Eu só havia feito um único filme, uma ideia para um filme, segundo alguns. Fiz o filme, terminei o filme, as pessoas o viram, mas o que foi que elas viram? Uma ideia, disseram, que não chega a ser mais que uma ideia.

Eu não queria chamá-lo de documentário, embora fosse montado inteiramente a partir de documentos, filmes velhos, programas de televisão filmados dos anos 50. Era material social e histórico, porém montado de um modo que ia muito além dos limites da informação e da objetividade, e o resultado não era um documento. Eu via ali algo de religioso, talvez só eu visse isso, religioso, extático, um homem em êxtase.

O homem era o único indivíduo que aparecia na tela o tempo todo, o comediante Jerry Lewis. Era o Jerry Lewis dos antigos programas beneficentes, os espetáculos de televisão transmitidos uma vez por ano em benefício das vítimas da distrofia muscular, Jerry Lewis dia e noite e entrando no dia seguinte, heroico, tragicômico, surreal.

Eu assistia àqueles velhos programas de televisão filmados, acompanhava cada minuto longínquo, uma outra civilização, os Estados Unidos de meados do século, aquelas cenas pareciam uma forma de vida tecnológica desviante tentando se desprender da poeira irradiada da era atômica. Na minha montagem, eliminei todos os convidados do programa, as entrevistas, as estrelas de cinema, os dançarinos, as crianças deficientes, a plateia do estúdio, a orquestra. O filme era só Jerry, uma performance pura, Jerry falando, cantando, chorando, Jerry com sua camisa de mangas franzidas com a gola desabotoada, gravata-borboleta desfeita, um guaxinim jogado nos ombros, Jerry solicitando o amor e o deslumbramento do país às quatro da manhã, em close, um homem suado, cabelo cortado à escovinha, numa espécie de delírio, um artista da doença, implorando que lhe mandássemos dinheiro para curar suas crianças doentes.

Eu fazia Jerry falar sem parar numa montagem sem sequência, um ano se confundindo com o outro, ou então Jerry sem som, fazendo palhaçada, joelhos bambos, dentuço, pulando numa cama elástica em câmara lenta, um filme velho e defeituoso, sinais de perturbação, ruídos aleatórios na trilha sonora, riscos na tela. Ele enfia baquetas nas narinas, enfia o microfone na boca. Acrescentei à trilha sonora intervalos de música moderna, séries de tons, uma determinada nota pedal ecoando e reecoando. Havia um toque de drama austero na música, ela situava Jerry fora daquele momento, num contexto maior, a-histórico, um homem cumprindo uma missão divina.

Eu não conseguia determinar qual seria a duração total, por

fim optando por uma metragem estranha de cinquenta e sete minutos, e o filme foi exibido em dois festivais de documentários. Poderiam ter sido cento e cinquenta e sete minutos, ou quatro horas, ou seis horas. Aquilo me cansou, esgotou, virei uma espécie de duplo enlouquecido de Jerry, os olhos pulando das órbitas. Às vezes uma coisa é difícil porque a gente a está fazendo errado. Não era o caso. Mas eu não queria que Elster soubesse do filme. Porque eu não sabia como ele se sentiria, sendo o sucessor, o escada, de um comediante enlouquecido.

Minha mulher me disse uma vez: "Cinema, cinema, cinema. Se você ficasse um pouco mais obcecado do que já é, virava um buraco negro. Uma singularidade", disse ela. "Não escapa luz nenhuma."

Eu disse: "Eu tenho a parede, conheço a parede, fica num loft no Brooklyn, um loft industrial, grande e sujo. Tenho acesso a ele a praticamente qualquer hora do dia ou da noite. A parede é quase toda de um cinza-claro, algumas rachaduras, algumas manchas, mas não chegam a atrair a atenção, não são elementos de design propositais. A parede é perfeita, eu penso nela, sonho com ela, abro os olhos e vejo a parede, fecho os olhos e a parede está lá".

"Você tem uma necessidade profunda de fazer essa coisa. Me diga por quê", ele perguntou.

"O senhor é a resposta dessa pergunta. O que o senhor disser, o que o senhor vai nos dizer sobre seus últimos anos, o que o senhor sabe que ninguém sabe."

Estávamos dentro de casa, era tarde da noite, ele estava com as calças velhas e amassadas, uma camiseta imunda, os pés grandes e mudos enfiados num par de sandálias de couro chiques.

"Eu vou lhe dizer uma coisa. A guerra cria um mundo fechado, e não apenas pros que estão lutando nela mas também pros planejadores, os estrategistas. Só que a guerra deles é um monte de siglas, projeções, contingências, metodologias."

Ele entoava as palavras, recitava-as num tom litúrgico.

"Eles ficam paralisados com os sistemas que estão à disposição deles. A guerra deles é abstrata. Acham que estão mandando um exército pra um ponto no mapa."

Ele não era um dos estrategistas, explicou, desnecessariamente. Eu sabia o que ele era, ou o que se esperava que fosse, um intelectual da área de defesa, sem as credenciais costumeiras, e quando usei o termo ele tensionou o queixo, com uma pontada de orgulho saudoso das primeiras semanas e meses, antes de se dar conta de que estava ocupando um lugar vazio.

"Às vezes não existia nenhum mapa que correspondesse à realidade que estávamos tentando criar."

"Que realidade?"

"Isso é uma coisa que a gente faz cada vez que pisca um olho. A percepção humana é uma saga de realidades criadas. Mas estávamos inventando entidades que iam além dos limites consensuais do reconhecimento ou da interpretação. A mentira é necessária. O Estado precisa mentir. Não há mentira na guerra ou na preparação da guerra que não possa ser defendida. Nós fomos além disso. Tentamos criar novas realidades da noite pro dia, sequências cuidadosas de palavras que eram como slogans de publicidade de tão memoráveis e repetíveis que eram. Palavras que geravam imagens e aí se tornavam tridimensionais. A realidade fica em pé, anda, fica de cócoras. Só que às vezes não faz nada disso."

Ele não fumava, mas sua voz tinha uma textura de lixa, talvez apenas a aspereza da idade, às vezes escorregando para dentro, tornando-se quase inaudível. Ficamos em silêncio por algum tempo. Ele estava escarrapachado no meio do sofá, olhando para algum ponto num canto do teto. Apertava contra a cintura um caneco de café contendo uísque com água.

Por fim ele disse: "Haicai".

Concordei com a cabeça, pensativo, como um idiota, uma série de gestos lentos que visavam indicar que eu entendia perfeitamente.

"Um haicai não significa nada além do que é. Uma lagoa no verão, uma folha ao vento. Consciência humana localizada na natureza. É a resposta a tudo num certo número de versos, com uma contagem de sílabas preestabelecida. Eu queria uma guerra tipo haicai", ele disse. "Eu queria uma guerra em três versos. Não era uma questão de níveis de força ou de logística. O que eu queria era um conjunto de ideias associadas a coisas transitórias. Essa é a essência do haicai. Expor tudo ao olho nu. Ver o que está lá. Na guerra as coisas são transitórias. Ver o que está lá e então estar preparado pra ver a coisa desaparecer."

"O senhor usou essa palavra. Haicai", eu disse.

"Eu usei essa palavra. Era pra isso que eu estava lá, pra dar a eles palavras e significados. Palavras que eles não tinham usado, novas maneiras de pensar e ver. Numa discussão qualquer, provavelmente usei essa palavra. Ninguém caiu da cadeira."

Eu não sabia nada sobre os homens que não haviam caído da cadeira. Mas estava começando a conhecer Elster e fiquei questionando aquela tática, o que não significa que aquilo tivesse importância no final das contas. Não me interessava a impressão que ele causava nos outros, só o que ele sentia a respeito da experiência. Ele podia estar errado, agir de modo impetuoso, irritar-se, cansar-se. Versos e sílabas. Pés malcheirosos de um velho/ noite tensa de verão. Et cetera.

"O senhor queria uma guerra. Mas uma guerra melhor", eu disse.

"Continuo querendo uma guerra. Uma grande potência tem que agir. Nós tínhamos sofrido um golpe profundo. Precisávamos retomar o futuro. A força da vontade, uma necessidade visceral. Não podemos deixar que os outros moldem o nosso mundo, as nossas mentes. Eles só têm tradições velhas, mortas, despóticas. Nós temos uma história viva e eu achava que ia me colocar no meio dela. Mas naquela sala, com aqueles homens, eram só prioridades, estatísticas, avaliações, racionalizações."

A melancolia litúrgica havia desaparecido de sua voz. Estava apenas cansado e distanciado, longe demais dos eventos para fazer justiça ao próprio ressentimento. Fiz questão de não provocar comentários adicionais. Eles viriam quando fosse a hora, espontaneamente, diante da câmara.

Ele bebeu o resto do uísque mas continuou a segurar o caneco junto à cintura. Eu estava tomando vodca com suco de laranja e gelo derretido. A bebida estava naquela etapa da vida de uma bebida em que você toma o último gole aguado e mergulha numa introspecção amarga, em algum lugar entre a autocomiseração e a autoacusação.

Permanecemos imóveis, pensando.

Olhei para ele. Eu queria me deitar mas achava que não devia me recolher antes dele, não sabia bem por quê, em noites anteriores eu o havia deixado sozinho na sala. O silêncio era total na sala, na casa, lá fora, por toda parte, as janelas abertas, nada, apenas noite. Então ouvi uma ratoeira disparando na cozinha, a mola sendo acionada, a ratoeira dando um pulo.

Agora éramos três. Mas Elster parecia não perceber.

Em Nova York ele usava uma bengala sem necessidade. Talvez sentisse uma dor costumeira num dos joelhos, mas a bengala era mais um acessório emocional, disso eu não tinha dúvida, adotado pouco depois que ele foi demitido dos ministérios de Noticiário e Tráfego. Ele falava vagamente numa artroplastia de joelho, falando mais para si próprio do que para mim, criando uma justificativa para a autocomiseração. Elster parecia estar em todos os lugares, nos quatro cantos de uma sala, reunindo impressões de si próprio. Eu gostava da bengala. Ela me ajudava a vê-lo, destacava-o do texto público, um homem que precisava viver num oco protetor, semelhante a um útero e do tamanho do mundo, livre das tendências niveladoras dos eventos e conexões humanas.

Durante esses dias no deserto, poucas coisas o tiravam da sua tranquilidade aparente. Nossos carros tinham tração nas quatro rodas, isso era essencial, e depois de todos aqueles anos ali ele parecia estar se adaptando, ainda, a dirigir *off road*, ou mesmo a dirigir *tout court*, em qualquer lugar. Ele me pediu para programar o GPS de seu carro. Queria que o sistema fosse utilizado, desafiava o sistema a funcionar. Demonstrou uma satisfação irritada quando o aparelho lhe disse, com uma voz masculina seca, o que ele já sabia, *virar diretamente à direita em seis quilômetros*, levando-o ao estacionamento da mercearia da cidade vizinha, quarenta quilômetros de ida, quarenta quilômetros de volta. Ele cozinhava para nós todas as noites, fazia questão de preparar o jantar, não demonstrando aquela desconfiança que as pessoas de sua idade costumam sentir com relação a certos alimentos e seus efeitos sobre o organismo.

Eu saía de carro sozinho à procura de trilhas remotas e depois ficava sentado dentro do carro parado, imaginando o filme, filmando, olhando para o descampado de arenito. Ou então entrava em uma ravina íngreme, com chão de terra dura, seca, rachada, o carro nadando no calor, e pensava no meu apartamento, quarto e sala pequenos, o aluguel, as contas, os telefonemas não atendidos, a esposa que não estava mais lá, a esposa separada, o zelador viciado em crack, a velha que descia a escada de costas, lentamente, eternamente, quatro lanços de escada, de costas, e eu nunca perguntei a ela por quê.

Perguntei a Elster sobre um ensaio que ele havia escrito alguns anos antes, chamado "Deportações". Saiu num periódico acadêmico que em pouco tempo começou a receber críticas da esquerda. Talvez essa tenha sido sua intenção, mas tudo que pude encontrar naquelas páginas foi um desafio implícito ao leitor para descobrir qual o propósito do texto.

A primeira frase era: "Um governo é um empreendimento criminoso".

A última frase era: "No futuro, é claro, homens e mulheres, fechados em cubículos, com fones nos ouvidos, ficarão escutando as gravações secretas dos crimes do governo enquanto outros examinarão registros eletrônicos em telas de computadores e ainda outros assistirão a vídeos de homens enjaulados sendo submetidos a dores atrozes e, por fim, outros, e mais outros, em recintos fechados, farão perguntas precisas a indivíduos de carne e osso".

Entre essas duas frases o que havia era um estudo da palavra *deportação*, com referências ao latim vulgar e outras fontes de origem. Logo no início Elster associava *deportação* a "porta". A partir daí, pedia ao leitor que imaginasse uma sala sem portas num país sem nome e um método de fazer perguntas, utilizando o que ele chamava de técnicas de interrogatório intenso, cujo objetivo era arrancar informações da pessoa deportada.

Eu não havia lido o artigo na época, não sabia nada sobre ele. Se soubesse, antes de conhecer Elster, o que teria pensado? Etimologia e prisões secretas. Latim vulgar e tortura por procuração. O ensaio se concentrava no estudo da palavra em si, a primeira ocorrência no idioma, mudanças de forma e significado, formas de grau zero, formas reduplicadas, formas sufixadas. Havia notas de rodapé que eram como ninhos de cobras. Porém nada se falava sobre prisões secretas, Estados de deportação nem tratados e convenções internacionais.

Ele comparava a evolução de uma palavra à da matéria orgânica.

Comentava que as palavras não eram necessárias para a experiência da vida real.

Mais para o final de seu comentário, ele mencionava outras palavras relacionadas a *deportação* por uma cadeia de associações — transporte, translado, tradução, interpretação. Entre aquelas quatro paredes, em algum lugar, em segredo, um drama está sendo interpretado, tão antigo quanto a memória humana, escrevia ele, os atores nus, acorrentados, vendados, outros atores com objetos cênicos de intimidação, sem nome e mascarados, vestidos de preto, e o que transcorre, escrevia ele, é uma tragédia de vingança que reflete a vontade comum e interpreta a necessidade sombria de toda uma nação, a nossa.

Em pé num canto do deque onde não batia sol, perguntei a ele sobre o ensaio. Ele o despachou com um gesto desdenhoso, todo aquele assunto. Perguntei sobre a primeira e a última frases. Elas parecem deslocadas naquele contexto maior, comentei, em que crime e culpa não são mencionados. A incongruência salta aos olhos.

"É proposital."

É proposital. Tudo bem. A intenção é abalar os que criticam o governo, disse eu, e não os tomadores de decisões. Ironia total.

Ele estava sentado numa velha espreguiçadeira que havia encontrado no galpão atrás da casa, uma cadeira de praia fora de seu elemento, e abriu um dos olhos numa atitude de desdém preguiçoso, medindo de alto a baixo o idiota que está afirmando o óbvio.

Tudo bem. Mas o que pensaria ele da acusação segundo a qual ele havia tentado encontrar mistério e romantismo numa palavra que estava sendo usada como instrumento da segurança governamental, uma palavra que fora utilizada para sintetizar e ocultar o assunto vergonhoso a que ela se referia?

Só que não fiz essa pergunta. Em vez disso, entrei na casa, enchi dois copos de água gelada, voltei ao deque e me instalei na cadeira ao lado da dele. Eu não sabia se ele tinha razão, se o nosso país realmente precisava disso, se precisávamos disso no nosso desespero, nosso encolhimento, precisávamos de alguma coisa, qualquer coisa, o que fosse possível fazer, deportação, sim, e depois invasão.

Ele encostou o copo gelado no rosto e disse que não se surpreendeu com a reação negativa. A surpresa veio depois, quando foi contatado por um ex-colega de faculdade e convidado a participar de uma reunião fechada de um instituto de pesquisa perto de Washington. Viu-se numa sala com paredes forradas de madeira acompanhado de algumas outras pessoas, entre elas o vice-diretor de uma equipe de avaliação estratégica que não existia em nenhum documento oficial. Não mencionou o nome do homem, ou porque era o tipo de detalhe confidencial que tinha de permanecer entre as quatro paredes de uma sala forrada de madeira ou porque sabia que o nome não significaria nada para mim. Eles disseram a Elster que estavam procurando um indivíduo de formação interdisciplinar como ele, um homem de reputação que pudesse renovar o diálogo, ampliar o ponto de vista. Assim começou seu período de trabalho no governo, interrompendo uma série de conferências que estava dando em Zurique a respeito do que ele chamava de sonho de extinção, e depois de dois anos e mais alguns meses lá estava ele, outra vez, no deserto.

Não havia manhãs nem tardes. Era um único dia inteiriço, todos os dias, até que o sol começava a descrever um arco e a diminuir, as montanhas emergindo de suas silhuetas. Era nessa hora que ficávamos sentados, olhando, em silêncio.

No jantar, mais tarde, o silêncio continuou. Eu queria ouvir um ruído de chuva. Comíamos costeletas de carneiro que ele havia assado numa grelha de carvão no deque. Eu comia com a cabeça virada para baixo, enfiada no prato. Era o tipo de silêncio que é difícil de quebrar, tornando-se mais denso a cada garfada. Pensei no tempo morto, na sensação de autoconfinamento, ouvindo nossa mastigação. Eu queria lhe dizer que estava uma delícia, porém ele havia assado a carne demais, todo vestígio de umidade rósea se perdera nas chamas. Eu queria ouvir o vento na serra, morcegos roçando nos beirais.

Era o décimo segundo dia.

Ele olhou para o copo de cerveja que tinha na mão e anunciou que sua filha vinha visitá-lo. Foi como ouvir que a terra havia deslocado seu eixo, e a noite voltaria a ser dia. Uma notícia importante, uma outra pessoa, um rosto e uma voz, chamada Jessie, disse ele, uma mente excepcional, do outro mundo.

Nunca perguntei à velha por quê. Eu a via descendo a escada de costas, agarrada ao corrimão. Eu parava e ficava olhando, eu me oferecia para ajudá-la, mas jamais perguntei, jamais investiguei a questão, um acidente, uma questão de equilíbrio, um problema mental. Simplesmente ficava parado no patamar vendo-a descer, degrau por degrau, ela era da Letônia, era tudo o que eu sabia, e Nova York, isso também, onde as pessoas não fazem perguntas.

2.

Uma tremenda chuva veio da serra, forte demais para que se pudesse pensar no meio dela, deixando-nos sem nada a dizer. Em pé na entrada coberta do deque, nós três olhávamos e escutávamos, o mundo inundado. Jessie segurava a si própria com força, uma mão em cada ombro. O ar estava tenso e carregado, e quando a chuva parou, após alguns minutos, voltamos para a sala e continuamos a falar sobre o assunto de que falávamos quando os céus se abriram.

Naqueles primeiros dias, ela para mim era a Filha. A possessividade de Elster, seu espaço confinador, tornava difícil para mim vê-la como uma pessoa diferenciada, encontrar nela algo como um ser independente. Ele queria que ela ficasse a seu lado o tempo todo. Quando fazia algum comentário dirigido a mim, sempre dava um jeito de incluí-la, atraí-la com um olhar ou gesto. Havia em seus olhos um brilho ansioso que não era nada incomum, pai olhando para filha, porém parecia ter o efeito de sufocar uma resposta, ou talvez ela não estivesse interessada em responder.

Ela era pálida e magra, vinte e tantos anos, desajeitada, com um rosto macio, não carnudo, porém arredondado e tranquilo, e parecia atenta para alguma presença interior. Seu pai dizia que ela ouvia as palavras de dentro delas. Não lhe perguntei o que ele queria dizer com isso. Seu trabalho era dizer coisas assim.

Ela usava jeans e tênis, tal como eu, e uma camisa larga, e era alguém com quem se podia conversar, o que ajudava a fazer o dia passar. Ela disse que morava com a mãe no Upper East Side, um apartamento do qual fez pouco com um dar de ombros. Trabalhava como voluntária com velhos, fazendo compras para eles, levando-os ao médico. Cada um deles tinha cerca de cinco médicos, explicou, e ela não se incomodava de ficar sentada em salas de espera, gostava de salas de espera, gostava de porteiros chamando táxis, homens de uniforme, era o único uniforme que se via num dia normal, porque os policiais em sua maioria ficavam fechados dentro dos carros.

Eu esperava que ela me perguntasse onde eu morava, como vivia, com quem, sei lá. Talvez isso a tornasse interessante, o fato de que ela não perguntava nada.

Eu disse: "Eu morava num estúdio lá no Queens. Dava pra eu pagar, depois não deu mais. Eu trabalho no meu apartamento, que é mais ou menos em Chinatown. Eu faço projetos, converso com as pessoas, bolo outros projetos. De onde vem o dinheiro? Penso em refinanciamento hipotecário. Acho que não sei direito o que isso quer dizer. Penso em fundos de renda variável, capital estrangeiro, fundos de *hedge*. Cada projeto vira uma obsessão, senão qual é o sentido? O meu projeto agora é este, o seu pai. Eu sei que ele é a pessoa certa e tenho a intuição de que ele também sabe. Mas não consigo arrancar uma resposta dele. Topo, não topo, talvez, nunca, fica pra próxima. Eu olho pro céu e me pergunto: que diabo estou fazendo aqui?".

"Companhia", ela respondeu. "Ele simplesmente odeia fisicamente a ideia de ficar sozinho."

"Odeia ficar sozinho mas vem pra cá porque aqui não tem nada, não tem ninguém. As outras pessoas criam conflitos, diz ele."

"Não as pessoas que ele escolhe pra ficar com ele. Uns alunos ao longo dos anos, e eu, sortuda que sou, e a minha mãe, antigamente. Ele tem dois filhos do primeiro casamento. Desastre e Ruína, é assim que os chama. Nem pense em tocar no assunto dos filhos dele."

A maior parte do tempo falávamos sobre coisa alguma, eu e ela. Não tínhamos nada em comum, ao que parecia, mas os assuntos brotavam. Ela me contou que ficou confusa uma vez que entrou numa escada rolante que não estava funcionando. Isso aconteceu no aeroporto de San Diego, onde o pai estava esperando para pegá-la. Ela entrou numa escada rolante que estava parada e não conseguia entender, teve que subir a escada pensando em cada passo, e foi difícil, porque a toda hora ela esperava que a escada começasse a subir e por isso ela mal andava, mas parecia não ir a lugar nenhum porque os degraus não se mexiam.

Ela não sabia dirigir porque não conseguia fazer coisas com as mãos e os pés. Um dos velhos que ela ajudava tinha acabado de morrer de não sei quê múltipla. A mãe dela falava russo ao telefone, uma tempestade de russo dia e noite. Ela gostava do inverno, o parque coberto de neve, mas não ousava se aventurar muito pelo parque, no inverno os esquilos podiam estar com hidrofobia.

Eu gostava dessas conversas, eram tranquilas, com uma profundidade insólita em cada comentário solto que ela fazia. Às vezes eu ficava olhando para ela, à espera, talvez, de um olhar em resposta, uma demonstração de incômodo. Ela tinha feições comuns, olhos castanhos, cabelo castanho que a toda hora jogava para trás das orelhas. Havia uma determinação em seu olhar, uma insipidez que parecia fruto de um esforço de vontade. Era uma escolha que ela fizera, ter essa aparência, ou pelo menos era isso que eu me dizia. Sua vida era uma outra vida, não tinha nada a ver com a minha, e me proporcionava um alívio daquela canalização constante do meu tempo ali, e também de certo modo contrabalançava o poder que o pai dela exercia sobre meu futuro imediato.

Elster saiu de pijama se arrastando do quarto para ficar conosco no deque, descalço, caneca de café na mão. Olhou para Jessie e sorriu, parecendo lembrar, em sua tonteira, que queria fazer alguma coisa. Queria sorrir.

Instalou-se numa cadeira, falando devagar, a voz fraca e chamuscada, uma noite ruim, ainda era muito cedo.

"Antes de conseguir pegar no sono, finalmente, eu estava pensando que quando era pequeno eu tentava imaginar o final do século, era uma coisa distante e maravilhosa, e eu ficava calculando quantos anos teria quando o século terminasse, anos, meses, dias, e agora, olha só, coisa incrível, estamos aqui — já avançamos seis anos no outro século e eu me dou conta de que continuo sendo o mesmo garoto magricela, a minha vida à sombra da presença dele, que evita pisar nas rachaduras na calçada, não por superstição, mas como um teste, uma disciplina, continuo fazendo isso. O que mais? Arranco a cutícula do polegar com os dentes, sempre o polegar direito, continuo a fazer isso, roendo a cutícula, é assim que eu sei quem eu sou."

Uma vez olhei dentro do armário de remédios do banheiro dele. Não precisei abrir a porta do armário, não havia porta. Fileiras de frascos, tubos, estojos de pílulas, quase três prateleiras inteiras, e mais uns vidros, um deles sem tampa, em cima da caixa-d'água da privada, e várias bulas espalhadas num banco, desdobradas, com textos de advertência em fonte miúda, em negrito.

"Não são os meus livros, as minhas conferências, conversas, nada disso. É a porcaria da cutícula do polegar, é ali que eu sou eu, a minha vida, de lá pra cá. Eu falo dormindo, sempre falei, minha mãe me dizia antigamente e eu não preciso que ninguém me diga agora, eu sei, eu ouço, e isso é mais importante, alguém devia estudar o que as pessoas dizem quando estão dormindo e alguém já deve ter estudado, algum paralinguista, porque é mais importante do que as mil cartas que a pessoa escreve ao longo da vida, e é literatura também."

Nem todos os remédios exigiam prescrição médica, mas a maioria sim, e todos eles eram Elster. Loções, comprimidos, cápsulas, supositórios, cremes e géis, e os frascos e tubos em que eles vinham, e os rótulos, bulas, etiquetas com o preço — tudo isso era Elster, vulnerável, e minha presença no banheiro talvez seja de algum modo moralmente degradante, mas eu não me sentia culpado, apenas determinado a conhecer aquele homem e todos os acessórios de seu ser, as substâncias que alteravam seu humor, as substâncias que criavam dependência, que ninguém vê nem tenta imaginar. Não que essas coisas fossem aspectos sérios da vida verdadeira a que ele gostava de se referir, os pensamentos perdidos, as lembranças que abarcam décadas, a cutícula do polegar. Assim mesmo, de algum modo, lá estava ele em seu armário de remédios, o homem em si, claramente assinalado em gotas, colheres de sobremesa e miligramas.

"Olhem só pra tudo ·isso", disse ele, sem olhar, a paisagem e o céu, que ele havia indicado com um movimento do braço para trás.

Nós também não olhamos.

"O dia acaba virando noite, mas é uma questão de luz e escuro, não é o tempo passando, o tempo mortal, não. Não tem aquele terror habitual. Aqui é diferente, um tempo enorme, é o que eu sinto aqui, uma coisa palpável. O tempo que nos precede e nos sobrevive."

Eu estava começando a me acostumar àquilo, à escala de seus discursos, muitas décadas pensando e falando sobre questões transcendentes. Naquele momento ele estava falando com Jessie, ele estava falando com ela o tempo todo, sentado na cadeira, inclinado para a frente.

Ela disse: "O terror habitual. Qual é o terror habitual?".

"Aqui não acontece, aquela contagem de minutos, a coisa que eu sinto nas cidades."

Está tudo impregnado, as horas e minutos, palavras e números por toda parte, disse ele, estações ferroviárias, trajetórias de ônibus, taxímetros, câmaras de segurança. Tudo tem a ver com o tempo, tempo idiota, tempo inferior, gente consultando relógios e outros instrumentos, outros lembretes. É o tempo das nossas vidas escorrendo ralo abaixo. As cidades foram construídas para medir o tempo, para retirar o tempo da natureza. Tem uma contagem regressiva infinita, disse ele. Quando você retira todas as superfícies, quando você olha dentro da coisa, o que resta é o terror. Foi para curar essa coisa que inventaram a literatura. A epopeia, a história contada na hora de dormir.

"O filme", eu disse.

Ele olhou para mim.

"O homem e a parede."

"Isso", concordei.

"O homem no paredão."

"Não, não como um inimigo, mas uma espécie de visão, um fantasma dos conselhos de guerra, alguém que tem a liberdade de dizer o que quiser, coisas não ditas, coisas confidenciais, avaliar, condenar, divagar. O que o senhor disser, isso é o filme, o senhor é o filme, o senhor fala e eu filmo. Não tem gráfico, mapa, informação contextualizadora. Rosto e olhos, preto e branco, o filme é isso."

Disse ele: "Paredão pros filhos da puta", e me dirigiu um

olhar duro. "Só que os anos 60 já acabaram há muito tempo e não tem mais barricadas."

"O filme é a barricada", disse eu. "A barricada que nós vamos construir, eu e o senhor. A barricada onde um homem diz a verdade."

"Eu nunca sei o que dizer quando ele fala desse jeito."

"Ele passou a vida inteira falando com alunos", eu disse. "Ele não espera que a gente diga nada."

"A cada segundo ele dá o último suspiro."

"Passa o dia pensando, ele está aqui é pra isso mesmo."

"E esse filme que você quer fazer."

"Não posso fazer sozinho."

"Mas não tem um filme de verdade que você esteja mais a fim de fazer? Porque quantas pessoas vão querer ficar esse tempo todo vendo um negócio tão zumbi?"

"Isso mesmo."

"Mesmo se ele acabar dizendo coisas interessantes, é o tipo de coisa que as pessoas podem ler numa revista."

"Isso mesmo", eu disse.

"Não que eu vá muito ao cinema. Eu gosto de ver filme antigo, na televisão, esses que têm um homem acendendo um cigarro pra mulher. É o que eles fazem sempre nesses filmes antigos, os homens e as mulheres. Eu normalmente sou meio que totalmente desligadaça. Mas toda vez que vejo um filme antigo na televisão fico atenta pra ver se tem um homem acendendo um cigarro pra uma mulher."

Eu disse: "O som dos passos nos filmes".

"O som dos passos."

"O som dos passos nos filmes nunca parece real."

"São passos nos filmes."

42

"Você está dizendo que não é pra parecer real."

"São passos nos filmes", ela disse.

"Eu levei seu pai para ver um filme uma vez. Chamado *Psicose 24 horas*. Não é um filme, é uma obra de arte conceitual. O velho filme de Hitchcock projetado tão devagar que a projeção inteira leva vinte e quatro horas."

"Ele me contou."

"Que foi que ele te disse?"

"Ele disse que era como ver o universo morrendo num período de mais ou menos sete bilhões de anos."

"A gente ficou lá uns dez minutos."

"Ele disse que era que nem a contração do universo."

"Ele pensa numa escala cósmica. Isso a gente sabe."

"A morte térmica do universo", ela disse.

"Eu achei que ele ia se interessar. A gente entrou, dez minutos e ele fugiu, e eu fui atrás. Descemos seis andares sem ele me dizer uma palavra. Ele estava com a bengala. Uma descida lenta, escadas rolantes, multidões, corredores, por fim uma escada. Nem uma palavra."

"Eu estive com ele naquela noite e ele me contou. Eu pensei que de repente eu ia gostar de ver. A ideia de que não acontece nada", disse ela. "Ficar esperando só por esperar. No dia seguinte eu fui."

"Você ficou um bom tempo?"

"Fiquei um bom tempo. Porque, mesmo quando uma coisa acontece, você está esperando a coisa acontecer."

"Quanto tempo você ficou?"

"Não sei. Meia hora."

"Bom. Meia hora é bom."

"Bom, mau, tanto faz", ela disse.

Elster disse: "Quando ela era pequena, ficava mexendo os lábios de leve, repetindo por dentro o que eu estava dizendo ou o que a mãe dela estava dizendo. Ela ficava olhando com muita atenção. Eu falava, ela olhava, tentando adivinhar meus comentários palavra por palavra, quase sílaba por sílaba. Os lábios dela se mexiam quase em sincronia com os meus".

Jessie estava à mesa, sentada em frente a ele, enquanto ele falava. Estávamos comendo fritadas, comíamos fritadas quase todas as noites agora. Ele se orgulhava das fritadas que fazia e tentava convencer a filha a ficar observando-o quebrar os ovos, bater com um garfo, e por aí afora, falando o tempo todo enquanto punha o tempero e o azeite e os legumes, pronunciando a palavra *frittata*, mas ela não se interessava.

"Era como se ela fosse uma estrangeira aprendendo inglês", disse ele. "Ficava grudada na minha cara, tentando definir as palavras que eu estava dizendo, absorver e processar as palavras. Ela olhava, pensava, repetia, interpretava. Olhava para a minha boca, examinava meus lábios, mexia os lábios dela. Tenho que confessar que fiquei decepcionado quando ela parou de fazer isso. Uma pessoa que sabe escutar de verdade."

Estava olhando para ela, sorrindo.

"Nessa época ela falava com as pessoas, com desconhecidos. Ainda faz isso às vezes. Você ainda faz isso às vezes", ele disse. "Com quem você fala?"

Jessie dando de ombros.

"Gente na fila do correio", disse ele. "Babás com crianças."

Ela mastigava a comida, de cabeça baixa, usando o garfo para revirar a fritada no prato antes de cortá-la.

Nós dividíamos um banheiro, eu e ela, mas ela quase nunca estava lá. Um pequeno kit de banheiro de avião, o único sinal de sua presença, ficava num canto da janela. O sabonete e as toalhas ela guardava no quarto.

Ela era como uma sílfide, seu elemento era o ar. Dava a impressão de que nada naquele lugar era diferente de qualquer outro, ali no sul e no oeste, naquela latitude e longitude. Ela atravessava os lugares deslizando de leve, sentindo as mesmas coisas em toda parte, era isso o que havia, o espaço interior.

A cama dela nunca era feita. Abri a porta do quarto e olhei lá dentro várias vezes mas não entrei.

Ficamos no deque até tarde, nós dois tomando uísque, a garrafa no deque e as estrelas em aglomerados. Elster olhava para o céu, tudo que vinha antes, dizia ele, ali para ser visto e mapeado e pensado.

Perguntei-lhe se ele tinha ido ao Iraque. Ele precisou pensar na pergunta. Eu não queria que ele achasse que eu sabia a resposta e estava perguntando para questionar a extensão de sua experiência. Eu não sabia a resposta.

Ele disse: "Detesto violência. Tenho medo da ideia de violência, não vejo filmes violentos, viro o rosto quando o noticiário da tevê mostra gente morta ou ferida. Eu me meti numa briga, eu era menino, tive espasmos", disse ele. "A violência faz meu sangue congelar."

Ele me disse que tinha autorização completa, acesso a todas as informações militares, mesmo as mais secretas. Eu sabia que isso não era verdade. Isso estava na voz e no rosto dele, um anseio amargo, e compreendi, é claro, que ele estava me dizendo coisas, verdadeiras ou não, só porque eu estava ali, nós dois estávamos ali, isolados, bebendo. Eu era seu confidente por exclusão, o rapaz a quem ele confiava os detalhes de sua realidade improvisada.

"Uma vez falei com eles sobre a guerra. O Iraque é um cochicho, eu disse a eles. Esses flertes nucleares que a gente tem com este ou aquele governo. Cochichos", disse ele. "Eu estou lhe dizendo, isso vai mudar. Alguma coisa vai acontecer. Mas não é isso que a gente quer? Não é esse o fardo da consciência? Estamos todos esgotados. A matéria quer perder a autoconsciência. Nós somos a mente e o coração em que a matéria se transformou. Hora de fechar tudo. É isso que nos impele agora."

Ele pôs mais uísque no copo e me passou a garrafa. Eu estava gostando daquilo.

"Nós queremos ser a matéria morta que éramos antes. Somos o último bilionésimo de segundo na evolução da matéria. Quando era aluno eu procurava ideias radicais. Cientistas, teólogos, eu lia a obra de místicos de vários séculos, eu tinha uma mente esfomeada. Uma mente pura. Eu enchia cadernos com as minhas versões das filosofias todas. E agora, olha como estamos. Inventando narrativas folclóricas do final. Doenças de animais se espalhando, câncer transmissível. O que mais?"

"O clima", eu disse.

"O clima."

"O asteroide", eu disse.

"O asteroide, o meteorito. O que mais?"

"Fome, fome mundial."

"Fome", ele disse. "O que mais?"

"Me dá um minuto."

"Não precisa. Porque isso não interessa. Isso pra mim não serve pra nada. Nós temos que ir além disso."

Eu não queria que ele parasse. Ficamos bebendo em silêncio e tentei pensar em outras possibilidades para o fim da vida humana na Terra.

"Eu era estudante. Eu almoçava e estudava. Eu estudei a obra de Teilhard de Chardin", disse ele. "Ele foi pra China, um padre fora da lei, China, Mongólia, fazendo escavações, procurando ossos. Eu almoçava em cima do livro aberto. Eu não precisava de bandeja. As bandejas eram empilhadas no início da fila do refeitório do colégio. Ele dizia que o pensamento humano é vivo, circula. E a esfera do pensamento humano coletivo, ela está se aproximando do final, do último lampejo. Existia um camelo na América do Norte. Cadê ele?"

Eu quase disse: na Arábia Saudita. Em vez disso, devolvi a garrafa a ele.

"O senhor dizia coisas a eles. Eram reuniões do conselho de políticas? Quem estava lá?", perguntei. "Gente do primeiro escalão? Militares?"

"Estava lá quem estava lá."

Gostei dessa resposta. Ela dizia tudo. Quanto mais eu pensava, mais claro tudo parecia estar.

Ele disse: "Matéria. Todas as etapas, do nível subatômico aos átomos às moléculas inorgânicas. Nós expandimos, crescemos pra fora, é a natureza da vida desde que surgiu a célula. A célula foi uma revolução. Pense só. Os protozoários, as plantas, os insetos, o que mais?".

"Não sei."

"Os vertebrados."

"Os vertebrados", eu disse.

"E as formas surgindo. Se arrastando, rastejando, os bípedes, o ser consciente, o ser autoconsciente. A matéria bruta se transformando em pensamento humano analítico. A nossa bela complexidade mental."

Ele fez uma pausa, bebeu, fez outra pausa.

"O que é que nós somos?"

"Não sei."

"Somos uma multidão, um enxame. Pensamos em grupos, viajamos em exércitos. Os exércitos levam o gene da autodestruição. Uma bomba nunca basta. A indefinição da tecnologia, é aí que os oráculos planejam suas guerras. Porque agora vem a introversão. O padre Teilhard sabia disso, o ponto ômega. Um salto pra fora da nossa biologia. Faça essa pergunta a você mesmo. Nós temos que ser humanos pra sempre? A consciência se esgotou. Agora é voltar pra matéria inorgânica. É isso que nós queremos. Queremos ser pedras num campo."

Fui pegar gelo. Quando voltei ele estava mijando do deque, na ponta dos pés para que o jato de urina passasse por cima do parapeito. Então nos sentamos e ficamos ouvindo os ruídos de animais ao longe entre os arbustos, e nos lembramos de onde estávamos, e ficamos algum tempo sem falar depois que os sons aos poucos morreram. Ele disse que gostaria de ter permanecido estudante, ido à Mongólia, um lugar remoto de verdade, para viver e trabalhar e pensar. Ele me chamou de Jimmy.

"O senhor vai ter todas as oportunidades de falar sobre essas coisas", eu disse. "Falar, silenciar, pensar, falar. O seu rosto", eu disse. "Quem o senhor é, em que o senhor acredita. Outros pensadores, escritores, artistas, ninguém nunca fez um filme assim, nada planejado, nada ensaiado, nenhuma estrutura complexa, nenhuma conclusão predeterminada, uma coisa completamente sem máscara, sem cortes."

Pronunciei essas falas num balbucio alcoólico, semiconsciente de que já tinha dito tudo isso antes, e ouvi-o respirar fundo e depois falar com uma voz tranquila e contida, até mesmo triste.

"O que você quer, meu amigo, quer você saiba ou não, é uma confissão pública."

Isso não podia ser verdade. Eu disse a ele que de maneira alguma. Eu disse a ele que não tinha nenhuma intenção de fazer uma coisa assim.

"Uma conversão no leito de morte. É isso que você quer. A

insensatez, a vaidade do intelectual. A vaidade cega, o culto ao poder. Me perdoem, me absolvam."

Lutei contra aquela concepção, interiormente, e disse a ele que não tinha nenhuma ideia em particular além do que eu já tinha dito.

"Você quer filmar um homem em crise", ele disse. "Eu entendo. Senão qual é o sentido?"

Um homem se dissolvendo na guerra. Um homem que ainda acredita na justeza da guerra, a guerra dele. Como ele ficaria, seu rosto, suas palavras, num filme, num cinema, numa tela em algum lugar, falando sobre uma guerra em haicais? Eu tinha pensado nisso? Eu tinha pensado na parede, na cor e na textura da parede, e tinha pensado no rosto do homem, as feições que eram fortes mas que também poderiam desabar ao se manifestarem as verdades cruéis que pudessem brotar em seus olhos, e então pensei em Jerry Lewis, visto em close em 1952, Jerry arrancando a gravata enquanto cantava alguma balada melosa da Broadway.

Antes de entrar na casa, Elster segurou meu ombro, para me tranquilizar, ao que parecia, e eu permaneci no deque por algum tempo, afundado demais na cadeira, na própria noite, para pegar a garrafa de uísque. Atrás de mim, a luz do quarto dele se apagou, iluminando o céu, e como aquilo parecia estranho, metade do céu ficando mais próxima, todas aquelas massas incandescentes aumentando em número, as estrelas e constelações, porque alguém apaga a luz numa casa no deserto, e lamentei que ele não estivesse ali para que eu pudesse ouvi-lo falar sobre isso, o próximo e distante, o que pensamos que estamos vendo quando não estamos vendo.

Me perguntei se não estávamos nos transformando numa família, tão estranha quanto qualquer família, a única diferença sendo que não tínhamos nada para fazer, nenhum lugar para ir, mas isso também não é estranho, pai, filha e fosse lá o que eu fosse.

Ela disse outra coisa também, a minha mulher, solidária, referindo-se ao modo como eu encarava a vida de um lado e o cinema de outro.

"Por que é tão difícil ser sério, tão fácil ser sério demais?"

A porta do banheiro estava aberta, ao meio-dia, e Jessie estava lá dentro, descalça, de camiseta e calcinha, lavando o rosto. Parei à porta. Eu não sabia se queria que ela me visse ali. Não conseguia me imaginar entrando e me colocando atrás dela e debruçando-me sobre ela, não conseguia ver a cena com clareza, enfiando as mãos por baixo da camiseta, abrindo suas pernas com meus joelhos para poder me apertar contra ela com mais força, encaixar-me no lugar, mas no pulsar tênue do momento a ideia estava ali, e quando me afastei da porta não fiz nenhum esforço especial para não fazer barulho.

O zelador chegou de carro, um sujeito atarracado com boné na cabeça e brinco numa das orelhas. Ele cuidava da casa quando Elster não estava lá, mais ou menos dez meses por ano, na maioria dos anos. Observei-o andar até o lado da casa onde ficava o botijão de propano. Quando ele voltou, cumprimentei-o com um movimento de cabeça quando ele entrou na casa. O homem não deu sinal de que registrara minha presença. Imaginei que ele moraria num daqueles conglomerados excêntricos de barracões, trailers e carros sem rodas, povoados acocorados que às vezes dava para ver das estradas de asfalto.

Elster foi atrás dele para a cozinha, falando sobre um problema do fogão, e eu olhei para as serras brancas como giz e me enquadrei daquela distância, de um modo clínico, homem numa paisagem num dia longo, quase invisível.

O almoço era móvel, flexível, cada um come quando e onde quiser. Dei por mim na mesa junto com Elster, que estava olhando para o queijo fundido que Jessie havia comprado na última vez que fomos à cidade. Ele disse que o corante daquele queijo era urânio usado e em seguida o comeu, com mostarda, entre duas fatias de pão de prisão, e eu fiz o mesmo.

Jessie era o sonho do pai. Ele não parecia ficar perplexo diante do modo atrofiado como ela reagia a seu amor. Não reparar era natural nele. Não sei se Elster tinha consciência do fato de que ela não era ele.

Quando terminou o sanduíche, ele se debruçou sobre a mesa, apoiando-se nos cotovelos, falando num tom mais baixo.

"Não faço questão de ver um carneiro selvagem antes de morrer."

"Certo", respondi.

"Mas quero que a Jessie veja."

"Certo. A gente pega o carro."

"A gente pega o carro", ele disse.

"Vai ter uma hora que a gente talvez tenha que saltar do carro e subir uma encosta. Eu acho que eles ficam parados na beira dos precipícios. Eu gostaria de ver um deles. Não sei muito bem por quê."

Ele se aproximou um pouco mais.

"Você sabe por que ela está aqui."

"Imagino que o senhor quisesse estar com ela."

"Eu sempre quero estar com ela. A mãe, foi ideia da mãe dela. Ela está saindo com um homem."

"Certo."

"E a mãe dela está cismada com as intenções dele, ou então é só o jeito dele, a cara dele. E ela decretou, do jeito autoritário dela, que era melhor a Jessie se afastar dele um pouco, por ora, temporariamente, para testar o envolvimento dela."

"Por isso ela veio pra cá. E o senhor falou com ela sobre isso."

"Tentei. Ela fala pouco. Não tem problema nenhum, é o que ela diz. Parece que ela gosta do sujeito. Eles saem. Eles conversam."

"Qual o grau de intimidade entre eles?"

"Eles conversam."

"Eles transam?"

"Eles conversam", ele disse.

Agora estávamos os dois debruçados sobre a mesa, um de frente para o outro, falando num cochicho nervoso.

"Ela nunca teve um caso?"

"Confesso que às vezes me pergunto isso."

"Nenhum namorado sério."

"Acho que não, não, com certeza não."

"É a mãe dela que mandou ela pra cá. Isso certamente quer dizer alguma coisa."

"A mãe dela é uma mulher lindíssima, até hoje, mas entre nós ainda tem muito ressentimento, e quando ela manda a menina ficar comigo, isso quer dizer alguma coisa, sim. Mas além disso ela é maluca. É uma louca varrida que exagera tudo."

"O sujeito não vive perseguindo ela. Tipo psicopata."

"Não, Deus me livre, não é psicopata, não, odeio essa palavra. Talvez persistente, só isso. Ou então é gago. Ou então tem um olho castanho e outro azul."

"As esposas. Que assunto", eu disse.

"As esposas, sim."

"Quantas?"

"Quantas. Duas", ele disse.

"Só duas. Eu pensava que era mais."

"Só duas", ele disse. "A sensação que eu tenho é que é mais."

"As duas loucas. Estou só chutando."

"As duas loucas. Com tempo a coisa vai amadurecendo."

"O quê, a loucura?"

"No início a gente não vê. Ou porque elas escondem ou porque a coisa precisa amadurecer. Quando isso acontece, não tem que errar."

"Mas Jessie é o tesouro, a bênção."

"Isso mesmo. E você?"

"Não tenho filho."

"A sua mulher. Que você separou dela. Ela é louca?"

"Ela acha que eu é que sou louco."

"Você não concorda", ele disse.

"Não sei."

"Você está protegendo o quê? Ela é louca. Pode dizer."

Nós dois continuávamos cochichando, o cochicho parecia fortalecer os laços entre nós, mas eu não disse. Recostei-me na cadeira e fechei os olhos por um momento, vendo meu apartamento, limpo e silencioso e vazio, quatro horas da tarde, horário de Nova York, e minha presença parecia maior lá, naquela luz poeirenta, do que ali, na casa ou sob um céu aberto, mas eu me perguntava se eu queria mesmo voltar a ser o homem que mora no quarto e sala cercado pela cidade construída para medir o tempo, segundo Elster, o tempo furtivo dos relógios, calendários, minutos que restam para viver.

Então olhei para ele e perguntei se havia um binóculo na casa. Vamos precisar de um binóculo para a expedição, expliquei. Ele pareceu ficar perplexo. Os carneiros selvagens, eu disse. Se a gente não morrer afogada numa cabeça-d'água. Se o calor não matar a gente. Vamos precisar de um binóculo para ver os detalhes. O macho é o que tem aqueles chifrões curvos.

* * *

Ela disse uma coisa engraçada no jantar, que os olhos dela ficavam mais perto um do outro em Nova York, por efeito do congestionamento em série das ruas. Ali no deserto os olhos se afastam, os olhos se adaptam ao ambiente, como asas ou bicos.

Em outras ocasiões ela parecia insensível a qualquer coisa que pudesse lhe provocar alguma reação. Seu olhar parecia encurtado, não chegava até a parede ou a janela. Olhar para ela me perturbava, por saber que ela não se sentia observada. Onde estaria ela? Não estava imersa em pensamentos nem lembranças, não estava planejando a próxima hora nem o próximo minuto. Estava ausente, tensamente imobilizada por dentro.

Seu pai se esforçava para não perceber esses momentos. Sentado do outro lado da sala, na companhia de seus poetas, lia movendo os lábios.

Abordei Richard Elster depois de uma conferência que ele deu na New School e não perdi tempo, fui logo falando na ideia de fazer um filme, simples e forte, eu disse, o homem e a guerra, ele também não perdeu tempo, me deixou gesticulando no meio de uma frase, mas só por um momento. Fui atrás dele pelo corredor, falando não tão depressa, e depois o acompanhei no elevador, ainda falando, e quando chegamos à rua ele olhou para mim e fez um comentário sobre a minha aparência, dizendo que eu parecia ele quando ele era muito mais jovem, um estudante que comia pouco e estudava demais. Achei que isso era um estímulo, dei-lhe meu cartão de visitas e ouvi-o ler em voz alta, Jim Finley, Deadbeat Films. Mas não estava interessado em participar de um filme, nem meu nem de ninguém.

O segundo encontro foi mais longo e mais estranho. No MoMA. Toda vez que eu vou ao museu, por mais vezes que já tenha ido, andando em direção ao oeste, ele está sempre mais longe que da vez anterior. Eu estava perambulando por uma exposição sobre dadaísmo e lá estava Elster, sozinho, debruçado sobre um mostruário. Eu sabia que ele havia escrito a respeito dos significados do balbuciar dos bebês, e por isso evidentemente estaria interessado numa mostra importante de objetos criados em nome da demolição da lógica. Fiquei atrás dele por meia hora. Eu olhava as coisas que ele olhava. Às vezes ele se apoiava na bengala, em outras ocasiões apenas a carregava, de qualquer jeito, na horizontal, em meio às marés de gente. Eu disse a mim mesmo para ficar tranquilo, ser civilizado, falar devagar. Quando ele foi andando em direção à saída, aproximei-me dele, lembrei-o do nosso encontro anterior, falei sobre o balbuciar dos bebês e depois insisti com jeito para que ele subisse até o sexto andar e fosse à galeria onde estava a instalação de *Psicose* em baixa velocidade. Ficamos parados na escuridão, olhando. Senti quase na mesma hora que Elster estava resistindo. Alguma coisa vinha sendo subvertida ali, sua linguagem tradicional de reação. Imagens natimortas, tempo desmontado, uma ideia tão aberta à teorização e à argumentação que não lhe deixava um contexto nítido para dominar, apenas a rejeição seca. Na rua ele falou por fim, basicamente sobre a dor no joelho. Quanto ao filme, nem pensar, jamais.

Uma semana depois ele me telefonou dizendo que estava num lugar chamado Anza-Borrego, na Califórnia. Eu nunca ouvira falar nele. Então chegou pelo correio um mapa desenhado à mão, estradas e trilhas para jipes, e na tarde seguinte peguei um voo barato. Dois dias, pensei. Três no máximo.

3.

Todo momento perdido é a vida. É incognoscível, menos para nós, cada um de nós inexprimivelmente, este homem, aquela mulher. A infância é vida perdida recuperada a cada segundo, ele disse. Dois bebês sozinhos num quarto, luz bem fraca, gêmeos, rindo. Trinta anos depois, um em Chicago, um em Hong Kong, eles são o produto daquele momento.

Um momento, um pensamento, aparece e some, cada um de nós, numa rua em algum lugar, e isso é tudo. Eu me perguntava o que ele queria dizer com tudo. É o que nós chamamos de eu, a vida verdadeira, ele disse, o ser essencial. É o eu no chafurdar macio do que ele sabe, e o que ele sabe é que ele não vai viver para sempre.

Eu tinha o hábito de ficar vendo os créditos até o fim, todos, sempre que ia ao cinema. Era uma prática que ia contra a intuição e o bom-senso. Eu tinha vinte e poucos anos, sem compromisso em todos os sentidos, e só me levantava da minha poltrona quando terminava o desfile de nomes e títulos. Os títulos eram uma linguagem saída de alguma guerra antiga. Claqueteiro, armeiro, assistente de áudio, figurinista de figurantes. Eu me sentia compelido a permanecer sentado, lendo. Num certo sentido eu estava me entregando a alguma fraqueza moral. O caso mais flagrante disso ocorria depois da cena final de uma superprodução de Hollywood, quando os créditos começavam a descer, um processo que durava cinco, dez, quinze minutos e incluía centenas de nomes, mil nomes. Era o declínio e a queda, um espetáculo de excesso quase igual ao próprio filme, mas eu não queria que terminasse.

Fazia parte da experiência, tudo era importante, absorvê-la, suportá-la, dublê de carros, cenografia, financeiro. Eu lia todos os nomes, todos, a maioria deles, pessoas de verdade, quem elas eram, por que tantas, nomes que me fascinavam na escuridão. Quando os créditos terminavam, eu estava sozinho no cinema, talvez uma velha sentada em algum lugar, viúva, os filhos nunca telefonam. Parei de fazer isso quando virei profissional de cinema, embora nunca encarasse o trabalho exatamente como uma profissão. Era cinema, só isso, e eu estava decidido a fazer cinema, fazer um filme. *Un film. Ein film.*

Ali, com eles, eu não sentia falta do cinema, a paisagem começou a parecer normal, a distância era normal, o calor era o tempo e o tempo era o calor. Comecei a entender o que Elster queria dizer quando afirmava que o tempo ali é cego. Além dos arbustos e cactos, apenas ondas de espaço, de vez em quando trovão ao longe, a espera da chuva, o olhar passando por cima dos morros até chegar a uma cordilheira que estava lá ontem, hoje perdida em céus mortos.

"Calor."

"Isso mesmo", disse Jessie.

"Diz a palavra."

"Calor."

"Sente ele batendo."

"Calor", ela disse.

Jessie estava sentada no sol, primeira vez que eu a via fazer isso, com a roupa que sempre usava, jeans arregaçado até a barriga da perna, mangas da camisa arregaçadas até os cotovelos, e eu estava em pé na sombra, olhando.

"Você vai morrer assim."

"O quê?"

"Sentada no sol."

"O que mais que tem pra se fazer?"

"Ficar lá dentro planejando o dia."

"Onde que a gente está, aliás?", ela perguntou. "Será que eu sei?"

Eu não estava usando o celular e quase nunca pegava no laptop. Esses objetos começaram a parecer frágeis, por mais que fossem rápidos, por maior alcance que tivessem, aparelhos sobrepujados pela paisagem. Jessie estava tentando ler ficção científica, mas nada que ela lera até então chegava perto da vida comum naquele planeta, disse ela, em termos de inimaginabilidade. Seu pai encontrou dois halteres num armário, três ou quatro quilos cada um, feitos na Áustria. Há quanto tempo estão ali? Como foram parar lá dentro? Quem os usava? Ele começou a usá-los, levantando e respirando, levantando e ofegando, um braço, depois o outro, para cima e para baixo, bufando feito um homem que está se estrangulando de modo controlado, uma asfixia autoerótica.

O que eu fazia? Eu enchia o isopor com sacos de gelo e garrafas d'água, pegava o carro e andava sem rumo, ouvindo fitas de cantores de blues. Escrevi uma carta para minha mulher e depois fiquei tentando decidir se devia mandá-la ou rasgá-la ou esperar uns dois dias, para então reescrevê-la e mandá-la ou rasgá-la. Eu jogava cascas de banana do alto do deque para os bichos, e parei de contar os dias que haviam se passado desde que eu chegara, algo em torno de vinte e dois.

Na cozinha ele disse: "Sei como foi o seu casamento. O tipo de casamento em que um conta tudo pro outro. Você contava tudo pra ela. Eu olho pra você e vejo isso no seu rosto. É a pior coisa que se pode fazer num casamento. Contar pra ela tudo o que você sente, contar pra ela tudo o que você faz. É por isso que ela te acha maluco".

No jantar, comendo mais uma fritada, ele brandiu o garfo e disse: "Você entende, não é uma questão de estratégia. Não estou falando em segredos, em mentiras. Estou falando em ser você mesmo. Se você revela tudo, cada sentimento, pedindo compreensão, você perde uma coisa crucial pra sua autoconsciência. Você tem que saber coisas que os outros não sabem. É o que ninguém sabe sobre você que permite que você se conheça".

Jessie revezava os copos e pratos no armário para que a gente não usasse sempre os mesmos o tempo todo e deixasse os outros sem uso. Ela fazia isso em surtos periódicos de energia, como uma possessa, pondo em prática uma organização sistemática na pia, no ralinho, nas prateleiras. O pai a incentivava. Ele enxugava os pratos e depois ficava a vê-la guardando-os nas prateleiras, cada um em seu lugar exato. Ela estava em atividade, estava ajudando a cuidar da casa e fazia isso do modo mais extremado, o que era bom, o que era ótimo, disse ele, porque não faz sentido lavar pratos se você não está sendo impelido por alguma coisa que vá além da mera necessidade.

Ele disse a ela: "Antes de você ir embora, quero que veja um carneiro selvagem".

Ela ficou de queixo caído e levantou as mãos, com as palmas viradas para cima, como quem diz de onde saiu isso, o que foi que eu fiz para merecer isso, os olhos arregalados, uma criança perplexa num desenho animado.

A noite em que ela falou sobre as galerias de arte de Chelsea.

Ela costumava frequentar as galerias com uma amiga chamada Alicia. Ela disse que Alicia era uma anta. Disse que andavam pela rua comprida escolhendo galerias a esmo e olhando para as obras de arte e depois andavam mais um pouco e viravam a esquina e caminhavam pela outra rua, andando e olhando, e um dia ela pensou numa coisa inexplicável. Vamos fazer a mesma coisa, subir e descer as mesmas ruas, mas sem entrar nas galerias. Alicia disse *certo*, tipo assim, na mesma hora. Elas fizeram isso e foi uma coisa discretamente empolgante, disse ela, foi como a ideia da vida delas. Caminhando por aquelas ruas compridas e quase vazias numa tarde de dia de semana e sem dizer nada passando por todas as obras de arte e depois atravessando a rua e subindo pelo outro lado da mesma rua e virando a esquina e entrando na outra rua e descendo a outra rua e atravessando para o outro lado e subindo a mesma rua. Descendo e depois subindo e depois passando para a próxima rua, vezes sem conta, só andando e conversando. Isso aprofundou a experiência, falando sério, disse ela, foi melhor e a gente curtiu mais, uma rua depois da outra.

A noite em que ela se plantou na beira do deque, encarando a escuridão lá fora, as mãos apoiadas no parapeito.

Era uma posição quase estudada, coisa rara nela, e eu me levantei, sem entender bem por quê, fiquei em pé, olhando para ela. A luz do quarto de Elster continuava acesa. Acho que eu queria que ela se virasse e me visse parado ali. Se eu dissesse alguma coisa, ela saberia que eu estava em pé. A direção da voz indicaria que eu estava em pé e ela haveria de querer saber por quê, e por isso se viraria e olharia para mim. Assim eu ficaria sabendo o que ela queria, pelo jeito como se virasse, a expressão em seu rosto, ou o que eu queria. Porque eu precisava ser esperto, ser cuidadoso. Estávamos nós três ali sozinhos e eu era o que estava no meio, o perturbador em potencial, o fazedor de merda da família.

Quando a luz do quarto de Elster se apagou, me dei conta de que aquele momento era uma regressão inocente, rapaz e moça de uma outra era aguardando que os pais dela fossem para a cama, só que os pais dela haviam se divorciado e se detestavam e a mãe dela já tinha ido se deitar três horas antes, horário da Costa Leste, possivelmente acompanhada.

Chamei-a para sentar do meu lado. Usei essa expressão, sentar do meu lado. Ela atravessou o deque e ficamos algum tempo sentados. Ela me disse que estava pensando num casal de idosos que ela levava ao médico e ajudava em casa às vezes. Ficavam os três vendo televisão à tarde e a mulher a toda hora olhava para o marido para ver como ele reagia ao que as pessoas na tela estavam dizendo ou fazendo. Mas ele não reagia, nunca esboçava reação nenhuma, nem sequer notava que ela estava olhando, e Jessie pensava que aquilo era o longo espetáculo de um casamento típico, meio gota a gota, uma cabeça se virando, a outra sem perceber nada. Eles perdiam coisas o tempo todo e passavam horas e mesmo dias tentando encontrá-las, o mistério dos objetos que desapareciam, óculos, canetas-tinteiro, documentos para o imposto de renda, chaves, é claro, sapatos, um pé, os dois pés, e Jessie gostava de procurar, ela era boa nisso, os três andando pelo apartamento conversando, procurando, tentando reconstituir. O casal usava canetas-tinteiro abastecidas com tinta de verdade. Eram pessoas boas, eram ricas mas não podres de ricas, perdendo, esquecendo, deixando cair coisas o tempo todo. Deixavam cair colheres, livros, perdiam escovas de dentes. Perderam um quadro, de um famoso pintor americano vivo, que Jessie encontrou no fundo de um armário embutido. Então viu a mulher olhando pro marido para observar sua reação e deu-se conta de que também ela agora fazia parte do ritual, era a pessoa que olhava a pessoa que olhava para a outra.

Eram pessoas normais até o ponto em que se pode ser normal sem deixar de ser normal, disse ela. Se fossem um pouco mais normais, talvez fossem perigosas.

Estendi o braço e segurei-lhe a mão, sem saber bem por quê. Me agradava pensar nela com aqueles velhos, três criaturas inocentes procurando coisas por horas. Ela me deixou fazê-lo, sem dar sinal de que havia reparado. Fazia parte da sua assimetria, a mão mole, o rosto inexpressivo, e aquilo não me fazia necessariamente concluir que aquele momento poderia ser estendido de modo a incluir outros gestos, mais íntimos. Ela estava sentada ao lado de uma pessoa qualquer, falando por cima de mim para uma mulher de sári no ônibus, para a recepcionista no consultório médico.

Tudo isso perdeu a importância quando a luz do quarto de seu pai se acendeu. Eu não sabia como soltar a mão dela sem me sentir ridículo. O movimento tinha que ser estratégico e não tático, tinha que envolver o corpo inteiro, e assim me levantei e andei até o parapeito do deque, a mão sendo um detalhe secundário. Ele veio para o deque e passou por mim, com um pijama que cheirava a velho, corpo velho, o quarto, os lençóis, seu fedor infalível o seguindo até sua cadeira.

"Quer tomar alguma coisa?"

"Uísque, puro", disse ele.

Lá dentro, ouvi a porta telada se abrindo e fechando e vi Jessie atravessando a sala e entrando no corredor, sua noite terminara, uma entre as cem vezes que eu a vira passando ou passara por ela ou entrara num cômodo na hora em que ela estava saindo, uma pequena existência feita de desencontros, como ver uma irmã crescendo, só que agora havia uma estática, uma agitação aleatória no ar.

Levei o uísque de Elster para o deque, vodca para mim, uma pedra de gelo, noite imensa, lua em trânsito. Quando ela era pequena, disse Elster, e fiquei esperando enquanto ele provava a bebida. Ela precisava tocar o próprio braço ou rosto para saber quem ela era. Acontecia raramente mas acontecia, ele disse. Ela levava a mão ao rosto. Esta aqui é a Jessica. O corpo dela não estava presente enquanto ela não o tocasse. Agora ela não se lembra mais disso, ela era pequena, médicos, exames, a mãe beliscava, ela quase não reagia. Não era o tipo de criança que precisava de um amigo imaginário. Ela mesma era imaginária para si própria.

Em seguida, falamos sobre nada em particular, coisas da casa, uma ida à cidade, mas alguns temas cochichavam nas margens. O amor do pai, esse era um deles, e a vida emperrada do outro homem, e a moça que não queria estar ali, e outras questões também, implícitas, a guerra, o papel dele, o meu filme.

Eu disse: "A câmara fica no tripé. Eu sentado ao lado dela. O senhor olha pra mim, não pra câmara. Eu uso a luz ambiente. Tem barulho da rua? A gente nem liga. Isso é cinema primata. O alvorecer da humanidade".

Um leve sorriso. Ele sabia que eu estava só falando. A razão para eu estar ali havia começado a morrer. Eu simplesmente estava ali, só falando. Eu queria me livrar da ideia de voltar para lá, para a responsabilidade, os velhos sofrimentos, a ardência de começar algo que não levaria a nada. Quantos começos até que você passe a ver as mentiras que há no seu entusiasmo? Um dia em breve toda essa nossa conversa, a dele e a minha, será tal como a dela, só conversa, autorreflexiva, sem referente. Estaremos aqui tal como estão as moscas e os ratos, localizados, sem ver e sem saber nada senão aquilo que a nossa natureza acanhada permite. Um vago idílio de verão na planície.

"O tempo se esvaindo. É o que eu sinto aqui", ele disse. "O tempo lentamente ficando mais velho. Velhíssimo. Não dia a dia. É um tempo profundo, milenar. Nossas vidas recuando pro passado distante. É o que está lá fora. O deserto do Plistoceno, o domínio da extinção."

Pensei em Jessie dormindo. Ela fechava os olhos e desaparecia, era um de seus dons, pensei, ela mergulha no sono de imediato. Todas as noites é assim. Dorme de lado, enroscada, embriônica, quase sem respirar.

"A consciência se acumula. Ela começa a refletir sobre si própria. Nisso tem uma coisa que me parece quase matemática. É quase como uma lei da matemática ou da física que a gente ainda não entendeu direito, em que a mente transcende toda a direção para dentro. O ponto ômega", ele disse. "Não sei qual o significado original desse termo, se é que tem significado, se não é um caso de linguagem se esforçando pra chegar a alguma ideia fora da nossa experiência."

"Que ideia?"

"Que ideia. Paroxismo. Ou uma transformação sublime da mente e da alma ou uma convulsão do mundo. A gente quer que isso aconteça."

"O senhor acha que a gente quer que isso aconteça."

"A gente quer que isso aconteça. Algum paroxismo."

Ele gostava dessa palavra. Deixamos que ela ficasse pairando no ar.

"Pense nisso. A gente sai completamente do ser. Pedras. A

menos que as pedras tenham ser. A menos que haja alguma mudança profundamente mística que coloque o ser dentro de uma pedra."

Nossos quartos tinham uma parede comum, o dela e o meu, e eu me imaginava deitado na cama, numa consciência rasa, semialucinatória, isso tem um nome, e eu tentei me lembrar da palavra em dois níveis, sentado no deque e esparramado na cama, *hipnagógica*, é isso, e Jessie a apenas um metro de mim, sonhando serenamente.

"Chega por hoje", ele disse. "Chega, chega."

Parecia estar procurando um lugar para largar o copo. Tirei-o de sua mão e fiquei observando-o entrar na casa, e pouco depois a luz de seu quarto se apagou.

Ou então totalmente acordada, não consegue dormir, nós dois, e ela está deitada em decúbito dorsal, pernas abertas, e eu sentado na cama fumando, embora não fume um cigarro há cinco anos, e ela usando o que costuma usar na cama, seja lá o que for, camiseta até as coxas.

Eu continuava segurando o copo de Elster. Coloquei-o no chão e terminei minha vodca, lentamente, e depois pus o copo ao lado do dele. Fui para dentro e apaguei algumas luzes e então fiquei à porta do quarto dela. Havia um espaço entre a porta e o alizar e abri a porta um pouco e fiquei ali, esperando que a escuridão se dissipasse até o ponto de eu poder distinguir as formas. Então vi Jessie, na cama, mas levei algum tempo para me dar conta de que ela estava olhando para mim. Estava coberta pelo lençol olhando direto para mim, então se virou de lado, com o rosto para a parede, puxando o lençol até o pescoço.

Passou-se mais um momento e só então fechei a porta em silêncio. Fui outra vez para o deque e fiquei junto ao parapeito por algum tempo. Depois ajeitei a espreguiçadeira de modo a ficar totalmente deitado, olhos fechados, mãos sobre o peito, e tentei me sentir como se não fosse ninguém em lugar nenhum, uma sombra que faz parte da noite.

Elster dirigia num silêncio soturno. Isso sempre. Mesmo não havendo tráfego, havia uma conjunção de forças contra ele, dependendo do dia e da hora — o estado da estrada, a ameaça de chuva, o lusco-fusco da tardinha, as pessoas dentro do carro, o próprio carro. O GPS era bom, alertava-o para as curvas, confirmava os detalhes de sua experiência passada. Quando Jessie estava conosco, estirada no banco de trás, ele tentava ouvir o que ela estivesse dizendo, e o esforço o fazia debruçar-se sobre o volante numa concentração tensa. Ela gostava de ler as placas em voz alta, Área restrita, Área sujeita a cabeças-d'água, Telefone de emergência, Queda de barreiras nos próximos 10 km. Estávamos sozinhos dessa vez, eu e ele, indo à cidade fazer compras. Ele não queria que eu dirigisse, não confiava em outros motoristas, os outros motoristas não eram ele.

No mercado ele caminhava entre as prateleiras escolhendo objetos, jogando-os numa cesta. Eu fazia o mesmo, dividíamos a loja, andando depressa, eficientes, de vez em quando passando um pelo outro num corredor, evitando qualquer troca de olhares.

Na volta dei por mim examinando os rabiscos formados pelos remendos no asfalto da estrada. Eu estava sonolento, olhando direto para a frente, e logo a sujeira no para-brisa me pareceu ainda mais interessante do que o asfalto. Quando saímos da estrada, pegamos a pista de terra, ele reduziu a velocidade drasticamente, e aquela oscilação lenta quase me fez dormir. Eu não havia colocado o cinto de segurança. Ele costumava exclamar "cinto de segurança" quando dava a partida no carro. Endireitei-me no banco e movimentei os ombros. Olhei para a terra debaixo das minhas unhas. A regra de usar cinto de segurança se

66

aplicava a Jessie mas ela nem sempre obedecia. Passamos por um leito de rio mirrado e me deu vontade de socar o para-brisa algumas vezes, como se fosse um tambor, para fazer o sangue circular. Mas limitei-me a fechar os olhos e permanecer imóvel, em lugar nenhum, escutando.

Quando chegamos em casa, Jessie havia sumido.

Na cozinha ele a chamou. Então andou pela casa procurando. Eu queria lhe dizer que ela havia saído para dar uma volta. Mas minha voz trairia falsidade. Ela não fazia esse tipo de coisa ali. Não fizera nem uma vez desde que chegara. Deixei as compras na cozinha e fui lá fora dar uma busca pelos arredores, chutando os arbustos e me abaixando para passar debaixo das algarobeiras. Eu não sabia bem o que estava procurando. Meu carro alugado estava onde eu o havia deixado. Examinei o interior do carro e depois tentei ver se havia marcas de pneus recentes no solo de areia do caminho que levava à casa, e depois ficamos os dois no deque olhando fixamente para a imobilidade.

Era difícil pensar com clareza. Aquela imensidão, toda aquela terra vazia. A toda hora ela surgia em algum campo visual interior, indefinida, como se fosse uma coisa que eu havia me esquecido de dizer ou fazer.

Voltamos para dentro de casa e procurei com mais cuidado, de um cômodo a outro, encontrando a mala dela, remexendo o armário dela, abrindo as gavetas da cômoda. Quase não falávamos, não especulávamos sobre o que ou onde. Elster falava, mas não comigo, uns poucos murmúrios perplexos sobre a imprevisibilidade da filha. Atravessei o corredor e fui ao banheiro que eu e ela usávamos. O kit estava no parapeito da janela. Não havia nenhum recado preso no espelho com fita adesiva. Abri de supetão a cortina do chuveiro, fazendo mais barulho do que pretendia.

Então me lembrei do galpão, nós havíamos esquecido o galpão. Senti um estranho entusiasmo desmiolado. Falei com Elster. O galpão.

Era a primeira vez que havíamos saído sem ela. Ela não manifestara vontade de ir conosco, mas devíamos ter dito alguma coisa, seu pai disse alguma coisa, sim, mas devíamos ter insistido, devíamos ter sido inflexíveis.

Certo, não era impossível, uma longa caminhada. O calor havia diminuído nos últimos dias, havia nuvens, até mesmo uma brisa.

Talvez ela não quisesse ficar nem mais um minuto ali, e tivesse andado até a estrada de asfalto mais próxima na esperança de pegar uma carona. Isso era difícil de acreditar, que ela tivesse esperança de chegar até San Diego e então pegar um voo para Nova York, aparentemente sem levar nada, nem mesmo a carteira. A carteira estava em cima da cômoda, com notas e moedas espalhadas em volta, o cartão de crédito em sua fenda.

Parei na entrada do galpão. Cem anos de lixo, foi isso que vi, vidro, trapos, metal, madeira, sozinha ali, nós a havíamos deixado, e a sensação no corpo, a dormência nos meus braços e ombros, e sem saber o que dizer a ele, e a possibilidade, a vaga possibilidade de que estaríamos de volta ao deque ao cair da tarde e ela viria andando pelo caminho de areia e nós quase não conseguiríamos acreditar no que estávamos vendo, eu e ele, e em apenas alguns momentos esqueceríamos as últimas horas e jantaríamos e voltaríamos a ser as pessoas de sempre.

Ele estava dentro de casa, sentado no sofá, inclinado bem para a frente, falando com o rosto virado para o chão.

"Eu tentei convencê-la a vir comigo. Falei com ela. Você ouviu. Ela disse que não estava se sentindo bem. Dor de cabeça. Às vezes ela tem dor de cabeça. Queria ficar em casa e tirar um cochilo. Eu dei uma aspirina a ela. Trouxe uma aspirina e um copo d'água. Vi quando ela tomou a porcaria do remédio."

Ele parecia estar tentando convencer a si próprio de que tudo isso havia acontecido exatamente como ele estava dizendo.

"É melhor dar um telefonema."

"É melhor dar um telefonema", ele disse. "Mas eles vão dizer que é muito cedo, não é? Ela só sumiu há uma ou duas horas."

"Eles devem viver recebendo telefonemas sobre gente que vai dar uma caminhada e some. Gente sumindo o tempo todo. Aqui, nessa época do ano, seja qual for a situação, eles têm que começar a agir depressa", eu disse.

Os únicos telefones eram os nossos celulares, o vínculo mais rápido que tínhamos com quem pudesse nos dar algum tipo de ajuda. Elster tinha um mapa da região com os números que ele havia anotado, do zelador, do xerife, dos guardas do parque. Peguei nossos dois celulares e tirei o mapa da parede da cozinha.

Atendeu um homem no escritório da guarda do parque. Dei-lhe o nome, a descrição, a localização aproximada da casa de Elster. Expliquei as circunstâncias de Jessie, não era uma pessoa acostumada a caminhadas nem a fazer *mountain bike*, não dirigia, não estava preparada para enfrentar nem mesmo um período curto no deserto. Ele disse que era um voluntário e que tentaria falar com o supervisor, que no momento estava com uma equipe de busca, procurando mexicanos que haviam sido trazidos do outro lado da fronteira e depois foram abandonados, sem comida e sem água. Havia aviões, cães farejadores, aparelhos de GPS portáteis, e muitas vezes eles davam buscas à noite. Eles iam ficar atentos, o homem disse.

Elster continuava no sofá, telefone ao lado. Ninguém atendia no xerife, ele havia deixado um recado. Agora queria falar com o zelador, um homem que conhecia a região, e tentei me lembrar dele com clareza, o rosto manchado pelo sol e pelo vento, os olhos apertados. Se Jessie era a vítima de um crime, eu haveria de querer saber onde ele estava quando a coisa aconteceu.

Elster ligou, o telefone tocou mais de dez vezes.

Terminei de guardar as compras. Tentei me concentrar nessa tarefa, o lugar de cada coisa, porém os objetos pareciam transparentes, eu via através deles, pensava através deles. Elster estava de novo no deque. Dei mais uma busca na casa, procurando uma pista, um indício de intenção. O impacto, acumulando-se desde o primeiro momento, difícil de absorver. Eu não queria ficar lá fora, olhando, com ele. O medo se aprofundava na presença dele, o presságio. Mas depois de algum tempo enchi um copo grande de gelo e pus uma dose de uísque e o levei para ele, e pouco depois a noite nos cercou por todos os lados.

4.

Evaporar-se, pelo visto era essa a razão de ser dela, era para isso que ela fora feita, quarenta e oito horas, nenhum recado, nenhum sinal. Teria ela ultrapassado o limite das conjecturas ou estaríamos nós dispostos a imaginar o que acontecera? Eu tentava não pensar além da geografia, cada momento definido pela desolação à nossa volta. Porém a própria imaginação era uma força natural, irrefreável. Animais, pensei, e o que eles fazem com os corpos no deserto, na mente, nenhum lugar é seguro.

Na véspera, tendo dado todos os telefonemas e avisado todas as pessoas, eu estava do lado de fora da casa quando vi um carro no horizonte deslizando lentamente, num torvelinho de pó e névoa, como num plano geral num filme, um momento de lenta expectativa.

Era o xerife, rosto largo e vermelho, barba aparada. Havia um helicóptero no ar, disse ele, e uma patrulha dando uma busca em terra. A primeira coisa que ele queria saber era se recentemente tinha havido algum desvio no padrão normal do comportamento de Jessie. O único desvio, respondi, era o fato de que ela havia desaparecido.

Mostrei a casa para ele. Ele parecia procurar sinais de uma luta. Examinou o quarto de Jessie e falou rapidamente com Elster, que passou o tempo todo sentado no sofá, quase sem conseguir se mexer, ou por estar medicado ou por não ter dormido. Ele não disse quase nada e demonstrou confusão ao ver um homem de uniforme em sua casa, um homem grandalhão que fazia a sala encolher, distintivo no peito, arma na cintura.

Lá fora o xerife disse que, àquela altura, não havia indício de crime a ser investigado. Mais tarde, o procedimento seria coordenar um programa com funcionários de outros condados a fim de examinar registros de hotéis, registros de telefonemas, carros alugados, reservas em voos e outras questões.

Mencionei o zelador. Ele disse que conhecia o homem fazia trinta anos. Era um naturalista voluntário, que entendia de plantas e fósseis locais. Eles eram vizinhos, o xerife me disse, e então olhou para mim e enumerou algumas categorias de pessoas em crise, terminando com aquelas que vêm ao deserto para se suicidar.

Elster concordou em dar o telefonema, por fim, o telefonema para a mãe de Jessie. Experimentei o sinal em vários pontos da casa e constatei que era mais forte do lado de fora, final de tarde, o homem de costas para a casa. Ele falava em russo, o corpo encurvado, era-lhe difícil falar mais alto do que um sussurro. Houve pausas longas. Ele ouvia, depois voltava a falar, cada palavra era uma súplica, a reação de um homem acusado, negligente, idiota, culpado. Mantive-me a certa distância dele, me dando conta de que a única vez em que ele falou num inglês hesitante foi numa tentativa desajeitada de imitar a voz da filha, uma manifestação de dor compartilhada e identidade paterna. Surgiu um helicóptero no céu desmaiado para os lados do leste, e fiquei vendo Elster empertigar a coluna, lentamente, levantando a cabeça, a mão livre tapando o sol.

Mais tarde lhe perguntei se ele havia feito o que eu lhe dissera. Elster olhou para o outro lado e seguiu em direção a seu quarto. Eu lhe dissera para perguntar sobre o amigo de Jessie, o homem com quem ela andava saindo. Não fora por isso que a mãe mandara Jessie ficar com ele? Fui até a porta do quarto de Elster. Ele estava sentado na cama, esboçando com uma das mãos um gesto que não consegui interpretar. Não adianta nada, ou não tem nada a ver, ou me deixe em paz.

Ele queria o mistério puro. Talvez fosse mais fácil para ele, alguma coisa além do alcance escuso da motivação humana. Eu tentava pensar no que ele estaria pensando. O mistério tinha sua verdade, tanto mais profunda quanto mais informe, um significado esquivo que talvez lhe poupasse dos detalhes explícitos que, de outro modo, lhe viriam à mente.

Mas não era isso que ele estava pensando. Eu não sabia o que ele estava pensando. Eu mal sabia o que eu estava pensando. Meu pensamento só atuava em torno do fato do desaparecimento de Jessie. Quanto ao centro, ao momento em si, o ponto físico crucial da coisa, era um buraco no ar.

Perguntei: "O senhor quer que eu ligue?".

"Não faz sentido. Alguém em Nova York."

"Não é para fazer sentido. O que é que faz sentido? O desaparecimento de uma pessoa nunca faz sentido", disse eu. "Qual é o nome dela, a mãe de Jessie? Eu falo com ela."

Foi só na manhã seguinte que ele concordou em me dar o número dela. Ocupado por meia hora, depois atendeu uma mulher irritada que não queria responder perguntas feitas por uma pessoa que ela não conhecia. Por algum tempo a conversa não foi a lugar nenhum. Ela havia estado com o homem uma vez, não sabia onde ele morava, que idade tinha exatamente, o que ele fazia na vida.

"Me diga o nome dele, só isso. A senhora sabe?"

"Ela tem três amigas, garotas, dessas eu sei o nome. Fora isso, aonde ela vai, com quem, ela não ouve nomes, ela não me diz nomes."

"Mas esse homem. Eles saíam, não é? A senhora esteve com ele, a senhora disse."

"Porque eu insisti. Dois minutos, ele parado aqui. Depois eles saem."

"Mas ele disse o nome dele, ou então a Jessie disse."

"Pode ser que ela tenha dito, só primeiro nome."

Ela não conseguia se lembrar do nome, e isso a irritava mais ainda. Passei o telefone para Elster e ele disse alguma coisa para tranquilizá-la. Não deu certo, mas eu não queria desistir. Disse a ela que havia alguma coisa a respeito desse homem que não a agradava. Me diga, pedi, e pela primeira vez ela falou sem má vontade.

Durante uma semana, ou mais, o telefone tocava. Quando ela atendia, a pessoa desligava. Ela sabia que era ele, tentando falar com Jessie. A tela do aparelho exibia Número Confidencial. Era ele todas as vezes, desligando delicadamente, e ela se lembrava da figura dele à porta da casa dela como um sujeito que a gente vê três vezes por semana, o entregador da loja, e mesmo assim não sabe como ele é.

"A última vez que deu Número Confidencial eu atendo o telefone e não digo nada. Ninguém fala. Nós dois jogando uma espécie de jogo besta. Eu espero, ele não diz nada. Ele espera, eu não digo nada. Um minuto inteiro. Então eu digo eu sei quem você é. Homem desliga telefone."

"A senhora tem certeza que era ele."

"É aí que eu digo a ela você vai viajar."

"E na mesma hora ela viajou."

"Telefonemas param", disse a mãe.

Ele parou de fazer a barba, eu fazia questão de me barbear todos os dias, agir como antes. Aguardávamos notícias. Eu queria sair, pegar o carro e me juntar à equipe de busca. Porém imaginava Elster com a boca cheia de soporíferos, todo o conteúdo de um frasco. Eu imaginava uma gosma úmida, uma bola, trinta ou quarenta comprimidos compactados e saliva escorrendo. Sentei-me ao lado dele e lhe falei sobre os remédios no armário do banheiro. Só a dose de sempre, eu lhe disse. Leia com muita atenção a bula, atente para as advertências. Disse isso mesmo, atente para as advertências, e não achei o fraseado forçado. Eu imaginava Elster parado à porta do banheiro, sem conseguir fechar a boca direito por causa da massa densa de comprimidos, uma tentativa tateante, literalmente um gostinho de suicídio, apoiando-se com uma mão em cada alizar.

Jessie não tinha celular, mas a polícia estava verificando se ela havia feito ou recebido ligações nos nossos telefones. Estavam examinando os registros dos hotéis, relatos sobre crimes nos condados e estados vizinhos.

"Nós não podemos ir embora."

"Não podemos, não."

"E se ela voltar?"

"Um de nós tem que estar aqui", eu disse.

Agora era eu quem preparava as fritadas. Ele parecia não saber o que fazer com o garfo que tinha na mão. De manhã eu preparava o café, punha na mesa pão, cereal, leite, manteiga e geleia. Então eu ia para o quarto de Elster e o convencia a se levantar. Não acontecia nada que não fosse marcado pela ausência de Jessie. Ele comia pouco. Andava pela casa como se estivesse passando um esfregão no chão, dando passos determinados por uma circunstância trabalhosa.

Elster devia ir a Berlim dentro de uma semana, uma conferência, um congresso, ele não deu detalhes.

Começou a ver coisas com o canto do olho, o olho direito. Entrava num cômodo e vislumbrava alguma coisa, uma cor, um movimento. Quando virava a cabeça, nada. Acontecia uma ou duas vezes por dia. Expliquei-lhe que era uma coisa fisiológica, sempre o mesmo olho, alguma disfunção rotineira, nada de sério, acontece com pessoas de certa idade. Ele se virava e olhava. Alguém estava lá, mas aí ela não estava mais.

Eu voltara a contar os dias, tal como fazia no começo. Os dias desde o desaparecimento. Um de nós estava sempre no deque, montando guarda. Fazíamos isso até tarde da noite. Virou um ritual, uma prática religiosa, muitas vezes, quando nós dois estávamos juntos, inteiramente silenciosa.

Mantínhamos fechada a porta do quarto dela.

Ele começou a assemelhar-se a um desses reclusos que vivem numa cabana numa mina abandonada, um velho que não toma banho, trêmulo, a barba por fazer, olhos desconfiados, entre um passo e outro o medo de que alguém ou alguma coisa esteja à sua espera.

Agora ele se referia a ela como Jessica, o nome de verdade, o nome de batismo. Falava em fragmentos, abrindo e fechando a mão. Eu percebia que ele estava sendo insistentemente impelido para dentro. O deserto era um vidente, isso era no que ele sempre acreditara, a paisagem se desenrola e revela, ela conhece o futuro tanto quanto o passado. Porém agora ela o fazia sentir-se enclausurado, e eu compreendia isso, confinado, encurralado. Fora da casa, nós sentíamos o deserto pressionando. Um trovão estéril parecia pairar sobre a serra, luz de tempestade vindo em

76

nossa direção. Uma centena de infâncias, disse ele, obscuro. Referindo-se sabe-se lá ao quê, talvez ao trovão, um ronco suave e evocativo a ressoar ao longo dos anos.

Ele me perguntou pela primeira vez o que havia acontecido. Não o que eu pensava ou achava ou imaginava. O que aconteceu, Jimmy? Eu não sabia o que lhe dizer. Nada que eu pudesse lhe dizer era mais ou menos provável do que alguma outra coisa. A coisa havia acontecido, fosse o que fosse, e não havia sentido em tentar chegar a ela pelo pensamento, embora tentássemos fazer isso, é claro, ou ao menos eu tentasse. Ele tinha um passado íntimo em que pensar, e o passado dela e o da mãe dela. Era isso que lhe restava, tempos e lugares perdidos, a vida verdadeira, vez após vez.

Um telefonema, tarde da noite, a mãe.

"Acho que sei o nome dele."

"A senhora acha que sabe."

"Eu estava dormindo. Então acordei com nome dele. É Dennis."

"A senhora acha que é Dennis."

"É Dennis, sim, com certeza."

"O primeiro nome é Dennis."

"Foi só o que ouvi, primeiro nome. Acordei, agora mesmo, é Dennis", disse ela.

À noite os cômodos eram relógios. O silêncio era quase completo, paredes nuas, chão de tábua corrida, o tempo aqui e lá fora, nas trilhas da serra, cada minuto que passava uma função da nossa espera. Eu estava bebendo, ele não. Eu não o deixava beber e ele não parecia se incomodar com isso. O pôr do sol agora era só a luz morrendo, as possibilidades diminuindo. Durante semanas não havia nada a fazer senão conversar. Agora, nada a dizer.

O nome parecia agourento, Jessica, parecia uma rendição formal. Eu era o homem que havia ficado parado no escuro olhando para ela deitada na cama. Fosse qual fosse a sensação de envolvimento de Elster, a natureza de sua culpa e fracasso, eu compartilhava esses sentimentos. Sentado, ele ficava abrindo e fechando a mão. Quando ouvia helicópteros descendo do céu ensolarado, levantava a vista, surpreso, sempre, e aí se lembrava do motivo pelo qual eles estavam lá.

Ficávamos o tempo todo testando os lugares em que o sinal do celular era mais forte, um de nós olhando para um lado, o outro para o outro, dentro da casa, fora da casa, dando e recebendo telefonemas, o telefone num ouvido, a mão livre no outro, ele no deque, eu no caminho à frente da casa, a quarenta metros da porta. Eu tentava não olhar quando nós dois fazíamos isso. Eu queria ficar dentro da coisa, onde a dança era uma questão prática. Queria estar livre da visão.

Comecei a usar os halteres antigos que ele havia encontrado. Eu ficava no meu quarto levantando pesos e contando. Telefonei para os guardas do parque e o xerife. Não conseguia me esquecer do que o xerife tinha dito. Há pessoas que vêm para o deserto para se suicidar. Eu sabia que precisava perguntar a Elster se alguma vez ela havia manifestado tendências. Jessica. Ela andava consultando algum médico? Tomava antidepressivos? Seu kit continuava no banheiro que eu dividia com ela. Não encontrei nada lá dentro, falei com o pai dela, telefonei para a mãe dela, não fiquei sabendo de nenhum dos dois nada que pudesse apontar para uma tendência nesse sentido.

Eu levantava os pesos um de cada vez, depois os dois juntos, vinte repetições para um lado, dez para o outro, levantando e contando, vez após vez.

Levei-o até o deque e sentei-o numa cadeira. Ele estava de pijama, com um par de tênis velhos, cadarços desamarrados, os olhos parecendo traçar um único pensamento. Era nisso que ele fixava a vista agora, não em objetos e sim em pensamentos. Fiquei atrás dele com uma tesoura e um pente nas mãos, e lhe disse que era hora de cortar o cabelo.

Ele virou a cabeça ligeiramente como quem pergunta, porém a virei para a posição original e comecei a aparar suas costeletas. Eu falava enquanto trabalhava. Falava num fluxo constante, penteando e cortando as mechas emaranhadas num dos lados de sua cabeça. Eu lhe disse que aquilo não era fazer a barba. Algum dia ele ia querer fazer a barba, isso ele teria que fazer sozinho, mas o cabelo era uma questão de moral, minha e dele. Eu disse muitas coisas vazias naquela manhã, falando por falar, acreditando no que dizia só até certo ponto. Retirei o elástico embolado do rabo de cavalo que pendia sobre a nuca e tentei pentear e aparar. A toda hora eu passava de um trecho de seu cabelo a outro. Ele falava sobre a mãe de Jessie, o rosto e os olhos dela, cheio de admiração, a voz cada vez mais baixa, grave e rouca. Senti-me compelido a aparar os pelos em suas orelhas, longas fibras brancas enrodilhadas emergindo da escuridão. Eu tentava desenroscar cada centímetro de vegetação emaranhada antes de cortar. Ele falou sobre seus filhos. Você não sabe disso, disse ele. Tenho dois filhos do primeiro casamento. A mãe deles era paleontologista. Então ele repetiu. A mãe deles era paleontologista. Estava relembrando a mulher, vendo-a na palavra. Ela adorava este lugar, e os meninos também. Eu, não, disse ele. Mas com o tempo isso foi mudando. Ele começou a antegozar os períodos que passavam naquela casa, disse ele, e então o casamento terminou e os meninos já eram rapazes e ele não conseguiu dizer mais nada.

Afastei-me um pouco para um lado, com a cabeça inclinada,

e examinei o que havia feito. Tinha me esquecido de pôr uma toalha sobre os ombros de Elster, e havia pelos por toda parte, no rosto, na nuca, no colo, nos ombros, no pijama. Não fiz nenhum comentário sobre os filhos. Simplesmente continuei cortando. Se fosse necessário lhe dar um banho, eu daria. Eu enfiaria a cabeça dele na pia da cozinha e lavaria seu cabelo. Esfregaria a pele para tirar o cheiro azedo que o acompanhava. Eu lhe disse que já estava quase terminando, mas eu não estava quase terminando. Então lembrei que havia me esquecido de outra coisa, de pegar uma escova para tirar os pelos cortados. Mas não entrei na casa para procurar uma escova. Simplesmente continuei cortando, penteando e cortando.

O telefone tocou cedo. A equipe de busca havia encontrado uma faca numa ravina profunda não muito longe de um trecho chamado Área de Impacto, entrada proibida, um lugar antigamente utilizado para testes com explosivos, onde havia muitas bombas não explodidas. A equipe havia cercado uma área em torno do objeto e estava aprofundando a busca. O guarda teve o cuidado de não se referir à faca como uma arma. Podia ser a faca de algum andarilho, algum turista, podia ter muitas utilidades diferentes. Deu a localização aproximada de uma estrada de terra que levava ao lugar e, quando terminamos a conversa, peguei o mapa de Elster e rapidamente localizei a Área de Impacto, um trecho largo de terreno geométrico com fronteiras retilíneas. Havia riscos finos e ondulados para o oeste — cânions, leitos secos de rios, estradas de minas.

Elster estava no quarto, dormindo, e eu debrucei-me sobre sua cama e escutei-o respirar. Não sei por que fechei os olhos ao fazer isso. Então examinei o armário de remédios para ver se o número de comprimidos nos diversos frascos não havia diminuído de modo perceptível. Preparei café, pus a mesa para ele e deixei um bilhete avisando que tinha ido à cidade.

A lâmina parecia não ter marcas de sangue, o guarda dissera.

Fui seguindo rumo à cidade e então tomei a direção leste por algum tempo, aproximando-me da área em questão. Saí da estrada asfaltada e segui por uma trilha esburacada que me levou a um leito seco de rio, longo e arenoso. Aos poucos foram se erguendo desfiladeiros altos rachados dos dois lados do carro, e não demorou para que eu chegasse a um beco sem saída. Pus o chapéu na cabeça, saltei do carro e senti o calor, o impacto e a força do calor. Abri o porta-malas e levantei a tampa do isopor, onde havia duas garrafas d'água imersas em gelo derretido. Eu não sabia a que distância estava do local da busca e tentei telefonar para o guarda, mas não havia sinal. Eu caminhava entre pedregulhos achatados, deslocados do alto da serra por cabeças-d'água ou eventos sísmicos. O solo daquela trilha parecia ser de granito esfarinhado. De vez em quando eu me detinha e olhava para cima e via um céu que parecia confinado, comprimido. Ficava olhando por um bom tempo. O céu estava esticado entre beiras de desfiladeiros, um céu estreitado e baixo, isso era a coisa estranha, o céu logo ali, era só escalar o desfiladeiro de pedra que se podia pôr a mão nele. Comecei a andar de novo e cheguei ao final da passagem estreita, entrando numa área aberta coberta de arbustos e pedras, e usando mãos e pés cheguei ao cume de um monte de pedregulhos, e lá do alto se descortinava todo o mundo ressequido.

Corri a vista pelas marés ofuscantes de luz e céu, e vi lá embaixo as serras cor de cobre, em dobras, que deviam ser as voçorocas, uma série de cristas primevas se elevando do solo do deserto, formando desenhos geométricos. Poderia haver uma pessoa morta ali? Eu não conseguia imaginar tal coisa. Era um lugar amplo demais, irreal, uma simetria de fendas e protuberâncias, aquilo me esmagava, uma beleza de partir o coração, uma indiferença, e quanto mais olhava mais certeza eu tinha de que jamais teríamos uma resposta.

Eu precisava sair do sol, e fui deslizando encosta abaixo até o terreno plano onde havia uma nesga de sombra, e lá tirei do bolso a garrafa d'água. Tentei mais uma vez ligar para o guarda do parque. Queria lhe dizer onde eu estava. Queria saber onde ele estava, dessa vez de modo mais preciso. Queria chegar ao local só para ver, para sentir o que estava lá. Presumia que a faca já estaria sendo encaminhada a algum laboratório de análises criminais em algum lugar no condado. Presumia que o xerife havia agido com base na informação que eu lhe dera a respeito dos telefonemas que a mãe de Jessie estava recebendo do Número Confidencial. Dennis. Na minha cabeça ele era Dennis X. Haveria uma justificativa legal para identificar os telefonemas? A mãe se lembraria corretamente do nome do homem? O pai ainda estaria na cama, engolido pelas lembranças, imobilizado, quando eu voltasse para casa? A água estava morna e química, reduzida a moléculas, e eu bebi um pouco e derramei o resto no rosto e na camisa.

Voltei para a garganta, sob uma linha fina de céu, então parei e pus a mão na muralha do desfiladeiro e senti a rocha cheia de camadas, rachaduras ou veios horizontais que me faziam pensar em enormes movimentos geológicos. Fechei os olhos e fiquei escutando. O silêncio era completo. Eu nunca sentira um silêncio como aquele, um nada envolvente como aquele. Mas um nada que *era*, que se desenrolava ao meu redor, ou então era ela, Jessie, quente sob meus dedos. Não sei quanto tempo fiquei parado ali, escutando com todos os músculos de meu corpo. Seria possível esquecer meu próprio nome naquele silêncio? Tirei a mão da muralha e levei-a ao rosto. Eu estava suando muito, e lambi aquele fedor úmido de meus dedos. Abri os olhos. Eu continuava ali, no mundo exterior. Então alguma coisa me fez virar a cabeça, e fui obrigado a dizer a mim mesmo, atônito, o que era aquilo, uma mosca, zumbindo bem perto. Fui obrigado a dizer a palavra a mim mesmo, *mosca*. Ela havia me encontrado e se aproximado de mim, em todo aquele espaço fluente, zumbindo, e enxotei-a com um gesto vago e voltei a caminhar em direção ao fundo do beco sem saída. Eu me movia devagar e permanecia perto da muralha, numa sombra intermitente. Depois de algum tempo comecei a achar que já devia ter chegado ao carro. Estava cansado, com fome, sem água. Perguntei a mim mesmo se aquela garganta, aquele desfiladeiro, se ramificava, um ramo norte e um ramo sul, e teria eu entrado no ramo errado? Não consegui me convencer de que isso não era possível. O céu parecia convergir num ponto em que as muralhas do desfiladeiro se encontravam, e pensei em voltar atrás. Tirei a garrafa d'água do bolso e tentei apertá-la, para pingar uma ou duas gotas na boca. A cada dois ou três passos que eu dava, repetia a mim mesmo que devia voltar atrás, porém seguia em frente, apressando o passo. Não sabia muito bem se que aquele caminho de granito esfarinhado era o mesmo pelo qual eu viera. Tentei relembrar a cor e textura, até mesmo o ruído que meus sapatos faziam sobre o cascalho. Quando me convenci de que estava perdido, vi a trilha alargar-se um pouco e lá estava o carro, um tolete empoeirado de metal e vidro, e abri a porta e desabei no banco. Pus a chave na ignição, liguei o ar-condicionado e o ventilador e apertei mais alguns botões. Então relaxei e respirei fundo algumas vezes. Era hora de dizer a Elster que íamos voltar para a cidade.

Naquela noite não consegui dormir. Eu passava de um devaneio a outro. A mulher do quarto ao lado, no outro lado da parede, às vezes era Jessie, às vezes não era clara nem simplesmente ela, e depois eu e Jessie no quarto dela, na cama dela, um traspassando o outro, virando e arqueando como o mar, como uma onda, algum momento impossível e interminável de sexo transparente. Os olhos dela estão fechados, o rosto descongelado, é Jessie ao mesmo tempo que é expressiva demais para ser ela. Parece estar fluindo para fora de si própria até mesmo quando eu a ponho dentro de mim. Estou lá, estou excitado, mas me entrevejo parado à porta aberta, olhando para nós dois.

Olhei para ele. O rosto aos poucos afundava na densa ossatura da cabeça. Ele estava no banco do carona e eu pronunciei as palavras em voz baixa.

"Cinto de segurança."

Elster pareceu me ouvir com certo atraso, sabendo que eu havia falado mas não conseguindo entender o significado. Ele começava a parecer uma radiografia, era só órbitas e dentes.

"Cinto de segurança", repeti.

Apertei meu cinto de segurança e fiquei esperando, olhando para ele. Estávamos no carro alugado, o meu carro. Eu o havia lavado com uma mangueira. Fizera as malas e as colocara no porta-malas. Dera mais de dez telefonemas. Dessa vez ele fez que sim com a cabeça e começou a procurar a fivela do cinto acima do ombro direito.

Estávamos deixando Jessie para trás. Era difícil pensar nisso. No início, havíamos decidido que um de nós ficaria ali, sempre. Agora, uma casa vazia, entrando no outono e atravessando o inverno, e nenhuma possibilidade de ela voltar. Soltei meu cinto de segurança para ajudá-lo a colocar o seu. Então fomos até a cidade para abastecer o carro e logo estávamos de novo atravessando zonas de falhas geológicas e passando por entre colunas de rocha retorcida, a história que passa pela janela, montanhas em formação, mares recuando, a história de Elster, tempo e vento, a marca de um dente de tubarão numa rocha no deserto.

Fiz bem em tirá-lo de lá. Ele acabaria reduzido a cinquenta quilos se ficássemos mais tempo. Eu o levaria a Galina, era esse o nome dela, a mãe, e confiaria o homem à compaixão dela. Olhe para ele, frágil e derrotado. Olhe para ele, inconsolavelmente humano. Eles dois estavam juntos nessa, eu dizia a mim mesmo. Ela haveria de querer compartilhar aquela provação, eu dizia a mim mesmo. Porém ainda não havia telefonado para ela dizendo que estávamos voltando. Galina era o telefonema que eu tinha medo de dar.

A toda hora eu olhava para o lado. Ele estava reclinado no banco, os olhos arregalados, e eu falava com ele tal como fizera quando cortei seu cabelo, falando a esmo durante toda aquela longa manhã, tentando fazer-lhe companhia, distrair a nós dois. Mas agora não havia mais quase ninguém com quem eu pudesse falar. Ele parecia estar além da memória e sua teia de arrependimentos, um homem reduzido ao contorno mais básico, desprovido de peso. Eu dirigia e falava, falava sobre nosso voo, dizia-lhe o número do voo, explicava que estávamos na lista de espera, recitava a hora da partida e da chegada. Fatos nus e crus. No som das minhas palavras eu julgava ouvir uma estratégia frágil para fazê-lo voltar ao mundo.

A estrada começou a subir, a paisagem ficando verde à nossa volta, casas esparsas, um camping de trailers, um silo, e ele começou a tossir e pigarrear, esforçando-se para soltar o catarro. Achei que ele podia engasgar-se. A estrada era estreita e íngreme, com uma mureta do lado do barranco, e eu não podia fazer outra coisa senão seguir em frente. Por fim ele conseguiu, pigarreou e escarrou na mão aberta. Depois ficou olhando para o catarro estremecendo na mão, e eu fiz o mesmo, por um instante, uma coisa espessa, fibrosa, pulsante, verde-pérola. Não havia onde colocá-la. Consegui arrancar um lenço do bolso e jogá-lo para ele. Não sei o que ele via naquele punhado de muco, mas não parava de olhar.

Passamos por uma fileira de carvalhos. Então ele grasnou algumas palavras.

"Um dos humores da Antiguidade."

"O quê?"

"Fleuma."

"Fleuma", repeti.

"Um dos humores da Antiguidade e da Idade Média."

O lenço estava caído sobre a coxa dele. Estendi a mão e agarrei-o, sem tirar os olhos da estrada, abri-o e o coloquei sobre sua mão, cobrindo o catarro. Um helicóptero passou por trás de nós e eu olhei pelo retrovisor e depois olhei para Elster. Ele não se movia, estava parado com a mão estendida, recoberta pelo lenço. Deixando Jessie para trás. Ficamos ouvindo o ronco do rotor a se perder na distância. Ele limpou a mão e depois amassou o lenço e o jogou no chão, entre os pés.

Seguimos em silêncio, atrás de um barco a motor rebocado por uma picape preta. Pensei nos comentários de Elster sobre a matéria e o ser, aquelas longas noites no deque, semibêbados, eu e ele, transcendência, paroxismo, o fim da consciência humana. Tudo aquilo parecia não passar de ecos mortos agora. O ponto ômega. Daqui a um milhão de anos. O ponto ômega se estreitou, aqui e agora, reduzindo-se à ponta de uma faca penetrando um corpo. Todos os grandes temas do homem reduzidos a uma única dor local, um corpo, lá fora em algum lugar, ou não.

Passamos por um pinhal e um lago, pássaros em voos rasantes sobre a água. Os olhos dele estavam fechados, sua respiração era um zumbido nasal constante. Tentei pensar no futuro, semanas e meses desconhecidos à frente, e me dei conta do que havia saído da minha cabeça até aquele momento. Era o filme. Eu me lembrava do filme. Lá está ele outra vez, homem e parede, rosto e olhos, mas não uma outra cabeça que fala. No filme o rosto é a alma. O homem é uma alma que sofre, como em Dreyer ou Bergman, um personagem marcado por uma falha trágica num drama de câmara, justificando a guerra dele e condenando os homens que a conduziam. O filme jamais viria a ser agora, nem um único fotograma. Ele não teria força de vontade nem interesse, e eu também não. A história estava acontecendo ali, não no Iraque nem em Washington, e nós a estávamos deixando para trás, e levando-a conosco, as duas coisas ao mesmo tempo.

Agora a estrada começava a descer em direção à autoestrada. Elster estava preso pelo cinto de segurança, como uma criança, adormecido. Pensei no aeroporto, na bagagem, na necessidade de arranjar uma cadeira de rodas para ele. Pensei nos humores da Idade Média. A toda hora eu olhava para ele, para conferir.

Lá estávamos nós, emergindo de um céu vazio. Um homem já não sabia mais nada. O outro sabia apenas que levaria algo consigo a partir daquele dia, um silêncio, uma distância, e via a si próprio no estúdio de alguém, cheio de gente, onde ele põe a mão na superfície áspera de uma velha parede de tijolo e então fecha os olhos e fica escutando.

Logo estávamos seguindo em direção ao oeste, carros e caminhões formando aglomerados, tráfego ruidoso, quatro pistas, e meu celular tocou. Hesitei um instante, depois peguei o telefone e disse sim. Nada. Eu disse sim, olhando para a tela. NÚMERO CONFIDENCIAL. Eu disse sim, alô, falando mais alto. Nada. Olhei para Elster. Agora seus olhos estavam abertos, a cabeça virada para mim, eu não o via tão alerta fazia uma semana. Eu disse sim e olhei para a tela. NÚMERO CONFIDENCIAL. Desliguei o telefone e o recoloquei no estojo preso ao cinto.

Eu detestava dirigir em autoestradas, o tráfego mais pesado

agora, carros passando de uma pista para outra. Eu não tirava os olhos da pista. Não queria olhar para ele, não queria ouvir nenhuma pergunta, nenhuma especulação. Estava pensando em seis coisas ao mesmo tempo. A mãe. Ela se lembrou do nome do homem enquanto dormia. Eu estava pensando, alguém está retornando minha ligação. Era só isso, só podia ser isso, alguém que eu conhecia dando retorno a um dos telefonemas que eu dera na véspera, ou naquela manhã mesmo, amigo, colega, senhorio, sinal fraco, impossível completar a ligação. O que tudo isso queria dizer? Que em pouco tempo a cidade estaria acontecendo, a Nova York que não para nunca, rostos, idiomas, andaimes de obras por toda parte, o fluxo de táxis às quatro da tarde, com o sinal aceso que indicava fora de serviço.

Pensei no meu apartamento, como ele pareceria distante mesmo no momento em que eu abrisse a porta. Minha vida num único olhar, tudo ali, música, filmes, livros, a cama e a escrivaninha, o esmalte gasto em torno dos queimadores do fogão. Pensei no telefone tocando no momento em que eu entrasse.

Anonimato 2

4 de setembro

Norman Bates, tranquilamente assustador, está pondo o fone no gancho.

O homem parado junto à parede antevia cenas. Havia começado a fazer isso, a pular cenas, percorrê-las em alta velocidade mentalmente, visualmente, agora que a hora de fechar se aproximava. Não queria consultar o relógio. Tentava conter a impaciência, canalizar toda sua energia para a tela, ver o que está acontecendo agora.

A porta se abrindo pouco a pouco interminavelmente.

A faixa de luz interior se espalhando pelo chão à medida que a porta continua a se abrir.

A sombra da porta sumindo embaixo da porta.

Esses momentos abstratos, só forma e escala, o desenho do tapete, a textura dos tacos do assoalho, impondo-lhe um estado de alerta total, olho e mente, e depois a tomada de cena do alto do patamar da escada e a agressão a Arbogast.

Suas vindas à galeria se fundiam na memória de modo inconsútil. Ele não conseguia mais lembrar em que dia assistira a uma cena específica ou quantas vezes tinha visto certas cenas. Seria possível chamá-las de cenas, de tal modo esmorecidas, a estrutura nua de um gesto, o longo arco da mão até o rosto?

Ele estava no lugar, como sempre, no seu lugar, em contato físico com a parede norte. Pessoas passando constrangidas, entrando e saindo. Ficariam mais tempo, ele pensou, se houvesse cadeiras ou bancos. Mas qualquer espécie de assento sabotaria o conceito. O ambiente vazio, e a escuridão, e o frio, e o guarda imóvel à porta. O guarda purificava a ocasião, tornava-a mais fina e rara. Mas o que estaria ele guardando? O silêncio, talvez. Ou a própria tela. As pessoas eram capazes de subir na tela e arranhá-la, os turistas vindos das salas multiplex.

Ficar em pé fazia parte da arte, o homem em pé participa. Ele era assim, o sexto dia seguido que ele estava ali, o último dia da instalação. Ele sentiria falta daquela sala, livre às vezes para andar até o outro lado da tela e observar o lado contrário, ver o aspecto canhoto das pessoas e objetos. Mas sempre de costas para a parede, em contato físico com ela, senão poderia dar por si fazendo o quê, ele não sabia direito, transmigrando, passando deste corpo para uma imagem trêmula na tela.

As partes chatas do filme original não eram mais chatas. Eram como todo o resto, fora de todas as categorias, abertas para nelas se entrar. Era nisso que ele queria acreditar. Porém se entregava à tela mais facilmente em certas ocasiões. Ele admitia esse fato, a tela vazia de personagens, a tela que mostra uma ave empalhada ou um único olho humano.

Três crianças entraram, dois meninos e uma menina, indistintamente louros, com uma mulher atrás.

Ele não conseguia entender por que o detetive, Arbogast, após levar claramente uma punhalada abaixo do coração, rola a escada com cortes no rosto. Talvez o espectador deva imaginar um segundo, um terceiro, um quarto golpe de faca, mas ele não estava disposto a fazer isso. Havia uma óbvia discrepância entre a ação e seu efeito visível.

Ele tentou levar em conta as complexidades da montagem. Tentou pensar em termos de uma projeção convencional. Não se lembrava de ter reparado nesse problema na última vez em que vira o filme, pela televisão. Talvez não dê para perceber o erro a vinte e quatro quadros por segundo. Ele lera em algum lugar que essa é a velocidade em que percebemos a realidade, em que o cérebro processa imagens. Se alterar o formato, os defeitos aparecem. Era um defeito que uma pessoa talvez fosse levada a desculpar, a menos que fosse um homem de ponto de vista estreitado. Se ele era assim, então ele era assim.

As crianças pararam hesitantes perto da entrada, sem saber se queriam investigar o que era aquele lugar em que haviam entrado, e a mulher foi andando junto à parede lateral e parou e olhou para a tela e depois foi até a junção entre as duas paredes. Ele viu as crianças pouco a pouco desviarem a atenção do filme e olharem à sua volta. Onde é que elas estão, o que é isto? Uma delas olhou em direção à porta, onde o guarda contemplava fixamente os estreitos intermináveis de seu desligamento.

Arbogast continua rolando a escada.

Ele pensou de novo numa situação. As crianças o levaram a pensar nisso, uma situação em que o filme é exibido do começo ao fim por vinte e quatro horas consecutivas. Não teria isso acontecido em algum lugar, uma vez, num outro museu, numa cidade diferente? Ele ficou pensando nas condições que imporia a tal exibição. Uma plateia seleta. Nada de crianças, nada de curiosos entrando e saindo. Uma vez iniciada a projeção, é proibido entrar. E se alguém quiser sair, tiver que sair? Está bem, pode sair. Se tiver mesmo que sair, saia. Mas, uma vez lá fora, não pode retornar. Um teste pessoal de resistência e paciência, uma espécie de castigo.

Mas castigo por quê? Por assistir o filme? Por ficar em pé aqui dia após dia, hora após hora, num anonimato infeliz? Ele pensou nos outros. Isso é o que os outros poderiam dizer. Mas quem eram esses outros?

A mulher parecia deslizar pela parede, invisível, em pequenos movimentos discretos. Ele mal conseguia vê-la e tinha certeza de que ela não podia vê-lo. Estaria ela com as crianças ou não? As crianças eram três objetos luminosos, talvez de oito a dez anos de idade, recolhendo luz da tela, onde uma morte terrível estava sendo decomposta em microssegundos.

Anthony Perkins no papel de Norman Bates. Norman Bates no papel da mãe, agora de cócoras no alto da escada, com uma peruca de viúva e um vestido que chega ao chão. Ele se acocora como uma aranha acima do detetive, que está estendido no tapete do corredor, e retoma a tarefa de esfaqueá-lo.

Anônimos, ele e o guarda do museu. O guarda que estava ali era o mesmo dos cinco dias anteriores? O guarda dos cinco dias anteriores ficava ali o dia inteiro? Eles certamente se revezavam em algum momento do dia, mas ele não havia reparado, ou havia esquecido. Entraram um homem e uma mulher, os pais das crianças, código genético estalando no ar. Eram pessoas grandes, de bermudas cáqui, supertridimensionais, carregando sacolas e mochilas. Ele assistia o filme, olhava para os outros. O tempo todo a mente funcionando, o cérebro processando. Ele não queria que aquele dia terminasse.

Então alguém disse alguma coisa.

Alguém disse: "O que é isso que eu estou vendo?".

Era a mulher à sua esquerda, agora mais perto dele, e ela estava falando com ele. Isso o confundiu. A pergunta o fez olhar ainda mais fixamente para a tela. Ele tentou absorver o que ela dissera. Tentou se dar conta do fato de que uma pessoa estava parada a seu lado. Isso não havia acontecido antes, não ali.

E tentou também se ajustar a outra coisa que ainda não havia acontecido, que não era para acontecer. Alguém falar com ele. Aquela mulher de algum modo parada a seu lado estava mudando todas as regras de afastamento.

Ele olhava para a tela, tentando pensar no que dizer. Tinha um bom vocabulário, menos nas ocasiões em que estava falando com alguém.

Por fim cochichou: "O detetive particular. O homem caído".

Foi um cochicho baixo, ele não sabia se ela tinha mesmo ouvido. Porém a resposta foi quase imediata.

"Será que eu quero saber quem é que está esfaqueando ele?"

Mais uma vez, ele teve que pensar por um momento antes de decidir que resposta daria. Resolveu dizer não.

Ele disse: "Não", sacudindo a cabeça de modo peremptório, embora se dirigindo apenas a si próprio.

Esperou algum tempo, vendo a mão e a faca no meio de um quadro, isolados, e mais uma vez a ouviu, a voz, sem nenhuma disposição de cochichar.

"Eu quero morrer depois de uma longa doença tradicional. E você?"

O interessante dessa experiência, até agora, é que era toda sua. Ninguém sabia que ele estava ali. Ele estava sozinho e não reconhecido. Não havia nada para compartilhar, nada para tirar dos outros, nada para dar aos outros.

E agora isto. Assim, saindo do nada, ela entra na galeria, fica ao lado dele junto à parede, fala com ele no escuro.

Ele era mais alto que ela. Pelo menos isso. Ele não estava olhando para ela mas sabia que era mais alto, de algum modo, ligeiramente. Não precisava olhar. Ele percebia, sentia.

As crianças louras saíram apáticas atrás dos pais e ele imaginou que elas estavam se despedindo do preto e branco para sempre. Ficou vendo a irmã de Janet Leigh e o amante de Janet

Leigh conversando no escuro. Não lamentava a falta do diálogo. Não queria ouvi-lo, não precisava dele. Não seria capaz de ver o filme de verdade, o outro *Psicose*, nunca mais. Esse era o filme verdadeiro. Ele estava vendo tudo ali pela primeira vez. Tantas coisas acontecendo num dado segundo, após seis dias, doze dias, cento e doze, vistas pela primeira vez.

Ela disse: "Como seria a gente viver em câmara lenta?".

Se a gente vivesse em câmara lenta, o filme seria um filme como os outros. Mas ele não disse isso.

Em vez disso, comentou: "Parece que é a sua primeira vez".

Ela disse: "Pra mim, tudo é a primeira vez".

Ele esperou que ela perguntasse quantas vezes ele já tinha vindo ali. Ele ainda estava se adaptando à presença de uma outra pessoa, mas não era isso mesmo que ele queria nesses últimos dias, uma companheira de cinema, uma mulher, alguém disposta a conversar sobre o filme, avaliar a experiência?

Ela disse a ele que estava a um milhão de quilômetros de distância do fato do que estivesse acontecendo na tela. Isso lhe dava prazer. Disse que gostava da ideia de lentidão em geral. Tantas coisas são tão rápidas, ela disse. A gente precisa de tempo para perder o interesse pelas coisas.

Os outros ou não estavam ouvindo ou não se importavam. Ele olhava para a frente. Estava certo de que o museu fecharia antes que o filme chegasse ao verdadeiro fim, o fim da história, Anthony Perkins envolvido num lençol, os olhos de Norman Bates, o rosto cada vez mais perto, o sorriso mórbido, o olhar prolongado e acusador, o olhar cúmplice dirigido à pessoa que está lá no escuro, assistindo.

Ele continuava esperando que ela lhe perguntasse quantas vezes ele tinha vindo ali.

Todos os dias, ele diria. Perdi a conta.

Qual a sua cena predileta, ela perguntaria.

Eu vivo a coisa a cada momento, a cada segundo.

Não conseguia imaginar o que ela diria depois disso. Pensou que estava com vontade de sair por um minuto, ir ao banheiro e olhar-se no espelho. Cabelo, rosto, camisa, a mesma camisa a semana toda, só olhar para si próprio bem rápido e lavar as mãos e voltar correndo. Pensou na localização do banheiro antecipadamente, sexto andar, precisava se ver porque ela podia ficar até a hora de fechar o museu e aí eles sairiam da galeria juntos, sairiam para a luz. O que ela veria quando olhasse para ele? Mas ele permaneceu parado, olhos fixos na tela.

Ela perguntou: "Onde estamos, geograficamente?".

"O filme começa em Phoenix, Arizona."

Ele não sabia direito por que dissera a cidade e o estado. Era necessário o estado? Estaria ele falando com alguém que talvez não soubesse que Phoenix fica no Arizona?

"Aí muda de lugar. Califórnia, eu acho. Tem placas de sinalização e placas de carros", ele disse.

Entrou um casal francês. Eram franceses ou italianos, pessoas com ar inteligente, parados na penumbra perto da porta. Ele dissera Phoenix, Arizona, talvez porque as palavras apareciam na tela logo após os créditos iniciais. Tentou se lembrar se o nome do personagem de Janet Leigh aparecia nos créditos iniciais. Janet Leigh no papel de... mas o nome ele não havia registrado, se é que tinha mesmo visto o nome.

Ele aguardava o comentário seguinte da mulher. Lembrou-se de que, no tempo do colegial, quando via que era mais baixo que a garota com quem estava falando, tinha vontade de cair no chão e ser chutado pelos passantes.

"Tem filmes tão visuais que chega a ser um defeito."

"Acho que esse, não", ele disse. "Acho que esse é elaborado com todo o cuidado, cena a cena."

Pensou nisso. Pensou na cena do chuveiro. Pensou em assistir à cena do chuveiro com ela. Isso talvez fosse interessante, juntos. Mas, como a cena fora exibida na véspera, e como a projeção de cada dia era interrompida quando o museu fechava, a cena do chuveiro não seria exibida naquele dia. E os aros da cortina. Ele tinha mesmo certeza absoluta de que são seis os aros que ficam rodando em torno da vara quando Janet Leigh, ao cair morta, arrasta a cortina do boxe com ela? Ele queria ver a cena de novo, para confirmar a questão dos aros. Ele contara seis, tinha certeza de que eram seis, mas precisava confirmar.

Esses pensamentos paralelos se prolongam mais e mais e a situação intensificava o processo, estar ali, assistindo e pensando por horas a fio, em pé, assistindo, mergulhando no filme com o pensamento, mergulhando em si próprio. Ou seria o filme que estava mergulhando nele, jorrando através dele como uma espécie de fluido cerebral descontrolado?

"Você viu alguma outra coisa no museu?"

"Vim direto pra cá", disse ela, e não disse mais nada, o que foi decepcionante.

Ele podia lhe dizer coisas sobre a história e os personagens, mas talvez isso pudesse ficar para depois, se ele tivesse sorte. Pensou em perguntar o que ela fazia. Como duas pessoas que estão aprendendo a falar uma língua. O que você faz? Eu não sei, o que você faz? Não era esse o tipo de conversa que deviam estar tendo ali.

Ele queria pensar neles dois como duas almas congêneres. Imaginava-os olhando um para o outro por um bom tempo, ali no escuro, um olhar franco e direto, um olhar verdadeiro, forte e penetrante, e então param de olhar e se viram e ficam assistindo o filme, sem trocar uma palavra.

A irmã de Janet Leigh se aproxima da câmara. Está correndo para a escuridão, uma coisa bela de se ver, desacelerada, a mulher correndo, deixando para trás a luz de fundo à medida que avança, rosto e ombros fracamente delineados, escuridão total à sua volta. Era sobre isso que deveriam falar ali, se falarem, quando falarem, luz e sombra, a imagem na tela, a sala em que estão, falar sobre onde eles estão, não sobre o que fazem.

Ele tentou acreditar que a tensão no corpo dele a fazia atentar para o drama da cena. Ela perceberia, ali a seu lado. Foi isso que ele pensou. Então pensou em pentear o cabelo. Não tinha um pente no bolso. Teria que alisar o cabelo com as mãos assim que se pusesse diante de um espelho, onde e quando, sem ser percebido, ou alguma superfície polida de porta ou coluna.

O casal francês mudou de posição, atravessando a sala, indo para a parede oeste. Eram uma presença positiva, atentos, e ele tinha certeza de que os dois iam conversar sobre a experiência durante horas a fio, depois. Imaginava a cadência de suas vozes, o padrão de sílabas acentuadas e pausas, falando durante o jantar num restaurante recomendado pelos amigos, um restaurante indiano, um vietnamita, no Brooklyn, remoto, quanto mais difícil de achar, melhor a comida. Aqueles dois estavam fora dele, pessoas com vidas próprias, era uma questão de realidade. Aquela mulher, a mulher a seu lado, enquanto ele a olhava, era uma sombra se destacando da parede.

"Tem certeza que isso não é uma comédia?", ela perguntou. "Quer dizer, só de olhar pra coisa."

Ela estava vendo a casa alta e lúgubre atrás do motel baixo, a casa com torreões onde a mãe por vezes fica sentada junto à janela do quarto e onde Norman Bates toma as vestes de um travestismo infernal.

Ele pensou nisso, em Norman Bates e na mãe.

Perguntou: "Você consegue se imaginar levando outra vida?".

"Essa é fácil. Me pergunta outra coisa."

Mas ele não conseguia pensar em mais nada para dizer. Queria descartar a ideia de que o filme talvez fosse uma comédia. Estaria ela vendo alguma coisa que ele não vira? Seria possível que o pulso desacelerado da projeção revelasse uma coisa a uma pessoa e a ocultasse da outra? Eles viam a irmã e o amante conversando com o xerife e a esposa. Ele se perguntava se seria possível levar a conversa para o assunto do jantar, se bem que naquele momento não havia conversa alguma.

A gente podia comer alguma coisa aqui perto, ele diria.

Não sei, ela diria. Talvez eu tenha que estar num lugar daqui a meia hora.

Ele se imaginou virando-se para o lado e imobilizando-a contra a parede, estando na sala apenas o guarda, olhando diretamente para a frente, para coisa alguma, imóvel, o filme ainda rolando, a mulher imobilizada, imóvel também, vendo o filme por cima do ombro dele. Os guardas de museu deviam andar armados, ele pensou. Eles protegem obras de arte de valor inestimável, e um homem armado deixaria mais claro o sentido do ato de ver para todos os presentes.

"É", disse ela, "vou ter que ir."

Ele disse: "Você está indo".

Foi uma afirmativa seca, você está indo, feita como um ato reflexo, sem sinal de decepção. Ele não tivera tempo de sentir decepção. Consultou o relógio sem nenhum motivo. Era uma coisa a fazer, para não ficar parado, bestamente. Em teoria, o gesto lhe dava tempo para pensar. Ela já estava caminhando em direção à porta e ele saiu atrás, com passos rápidos mas silenciosos, desviando o olhar de qualquer pessoa que pudesse estar assistindo à cena. A porta se abriu e ele estava atrás dela, no corredor iluminado, na escada rolante, andar após andar, e depois atravessando o hall, a porta giratória, chegando à rua.

Ele a alcançou, tendo o cuidado de não sorrir nem tocar nela, e disse: "Que tal a gente fazer isso um dia desses num filme de verdade, com lugar pra sentar e gente na tela que ri, chora e grita?".

Ela parou para ouvi-lo, quase se virando para ele, no meio da calçada, corpos se esgueirando para passar por eles.

Ela perguntou: "E assim seria melhor?".

"Provavelmente não", ele respondeu, e dessa vez sorriu. Então perguntou: "Quer saber uma coisa sobre mim?".

Ela deu de ombros.

"Eu fazia contas de multiplicação de cabeça quando era garoto. Um número de seis algarismos vezes um de cinco. Oito algarismos e sete, dia e noite. Eu era um pseudogênio."

Ela disse: "Eu ficava lendo o que as pessoas diziam nos lábios delas. Eu olhava pros lábios e sabia o que elas estavam dizendo antes de elas falarem. Eu não escutava, eu só via. A ideia era essa. Eu conseguia bloquear o som das vozes delas quando elas falavam".

"Quando era garota."

"Quando era garota", ela disse.

Ele a encarou.

"Se você me der seu telefone, eu posso te ligar um dia desses."

Ela deu de ombros, tudo bem. Era esse o significado do dar de ombros, tudo bem, claro, pode ser. Se bem que, se ela o visse na rua daqui a uma hora, provavelmente não saberia quem ele era nem onde o conhecera. Recitou o número mais que depressa, então se virou e seguiu para o leste, no meio da multidão.

Ele entrou no hall apinhado de gente e encontrou um espaço apertado num dos bancos. Abaixou a cabeça para pensar, para afastar-se de tudo aquilo, o ruído constante de vozes, idiomas, sotaques, gente em movimento levando ruído consigo, vidas inteiras de barulho, um clamor que ricocheteava das paredes e do teto, um som alto que envolvia a tudo, fazendo-o encolher-se. Mas ele tinha o telefone dela, era isso que importava, o número estava bem fixado em sua mente. Ligar para ela quando, dois dias, três dias. Nesse ínterim, ficar pensando no que eles tinham dito, na aparência dela, onde ela moraria, o que ela faria com o tempo dela.

Foi então que a questão lhe veio à mente. Ele perguntara o nome dela? Ele não perguntara o nome dela. E interiormente fez um gesto de repreensão dirigido a si próprio, balançando o dedo, como num cartum de uma professora com uma criança. Certo, mais uma questão para ele pensar. Pensar em nomes. Anotar nomes. Ver se é possível adivinhar o nome com base no rosto. O rosto havia se animado ligeiramente quando ele falou nas contas que fazia de cabeça quando criança. Não animado, mas de algum modo relaxado, os olhos demonstrando interesse. Mas a história não era verdadeira. Ele nunca havia multiplicado números grandes de cabeça, nunca. Era uma coisa que ele dizia às vezes porque achava que ajudaria a explicar-se para os outros.

Olhou de relance para o relógio e não hesitou, foi até a bilheteria e pagou o preço integral. Devia ser só meia, levando-se em conta a hora, ou de graça, devia ser de graça. Examinou o ingresso que tinha na mão e dirigiu-se afobado para o sexto andar, dois degraus de cada vez na escada rolante, todo mundo vindo em sentido contrário. Entrou na galeria escura. Queria banhar-se no ritmo, no andamento quase estático da imagem. O casal francês tinha ido embora. Havia uma pessoa além do guarda e ele, ali para a última meia hora, menos que isso. Voltou a seu lugar na parede. Queria a imersão completa, fosse o que fosse. Então se deu conta do que é isso. Queria que o filme se desenrolasse mais devagar ainda, exigindo um envolvimento mais profundo do olho e da mente, sempre assim, a coisa que ele vê se aprofundando no sangue, numa sensação densa, compartilhando sua consciência com ele.

Norman Bates, tranquilamente assustador, está pondo o fone no gancho. Ele vai apagar a luz do escritório do hotel. Vai andar pelo caminho que leva à casa velha, alguns cômodos acesos, o céu escuro atrás. Então uma série de tomadas de cena, ângulos diferentes, ele se lembra dessa sequência, parado junto à parede ele as antevê. O tempo real não faz sentido. A expressão não faz sentido. Isso não existe. Na tela, Norman Bates está pondo o fone no gancho. O resto ainda não aconteceu. Ele antevê, temendo que o museu se feche antes do final da cena. O aviso ressoará por todo o museu em todas as línguas das principais nações onde há museus, e Anthony Perkins no papel de Norman Bates continuará subindo a escada que leva ao quarto, onde a mãe está morta há muito tempo.

A outra pessoa sai pela porta alta. Agora só restam ele e o guarda. Ele imagina que todo o movimento cessa na tela, a imagem começa a estremecer e morrer. Ele imagina que o guarda tira a arma do coldre e dá um tiro na própria cabeça. Então a projeção termina, o museu fecha, ele fica sozinho na sala escura com o corpo do guarda.

Ele não é responsável por esses pensamentos. Mas os pensamentos são dele, não são? Ele volta a fixar a atenção na tela, onde tudo é tão intensamente o que é. Ele vê o que está acontecendo e quer que aconteça mais devagar, sim, porém ao mesmo tempo sua mente está disparando à frente, chegando ao momento em que Norman Bates desce a escada carregando a mãe, com sua camisola branca.

Isso o faz pensar na sua própria mãe, inevitável, antes de ela falecer, eles dois encerrados num pequeno apartamento sendo consumido pelos arranha-céus que sobem a seu redor, e lá está a sombra de Norman Bates perto da porta da velha casa, a sombra vista de dentro, e então a porta começa a se abrir.

O homem se separa da parede e espera ser assimilado, poro por poro, dissolver-se na figura de Norman Bates, que vai entrar na casa e subir a escada num tempo subliminar, dois quadros por segundo, e então virar-se para a porta do quarto da mãe.

Às vezes ele senta ao lado da cama dela e diz uma coisa e então olha para ela e aguarda uma resposta.

Às vezes ele apenas olha para ela.

Às vezes bate um vento antes da chuva e arrasta os pássaros que se veem pela janela, pássaros espectrais que vagam na noite, mais estranhos que os sonhos.

Agradecimento

24 hour Psycho, vídeo de Douglas Gordon, foi exibido pela primeira vez em 1993 em Glasgow e Berlim. Foi instalado no Museum of Modern Art de Nova York no verão de 2006.

ESTA OBRA FOI COMPOSTA PELO GRUPO DE CRIAÇÃO EM ELECTRA E
IMPRESSA PELA GRÁFICA BARTIRA EM OFSETE SOBRE PAPEL PÓLEN BOLD
DA SUZANO PAPEL E CELULOSE PARA A EDITORA SCHWARCZ
EM ABRIL DE 2011